文
景

Horizon

社科新知　文艺新潮

述而批评丛书　第二辑

时间
是一切事物
的后记

方岩　著

上海人民出版社

上海文学批评的青年力量
——述而批评丛书第二辑序

新的时代发展引领文学创作的转换，青年作家、批评家如何面对时代变化中的价值和精神问题，如何以创作和批评的方式发出青年一代的铿锵之音，文学在深度参与现代化建设时，如何在文学创作和文学批评上引领潮流、创新方法、更新观念，更好地在中国式现代化中发挥文化的作用，这是批评面临的新责任。

习近平总书记高度重视文艺评论的社会功能，强调："要加强和改进文艺理论和评论工作，褒优贬劣，激浊扬清，更加有效地引导创作、推出精品、提高审美、引领风尚。"上海的文学批评一直有非常好的传统，涌现出一大批具有全国影响力的评论家，引领时代风气，积极参与并带动了中国当代文学的进程。斗转星移，薪火相传，述而后作，传承创新。新时代以来，上海出现一批年轻的文学评论新人。2018年，上海作协积极推动"述而"批评丛书的出版，集中推出11名出色文学批评家的作品，引起社会关注。把青年新力量的队伍吸纳进来，文学批评新力量会迎来很大的转机。如今上海又一批年轻的文学批评新人脱颖而出，有的是作协成员，有的是高校教师，有的是媒体中坚。为进一步加强上海青年评论家的影响、培养上海青年评论家队伍，我们继续推动“述而”青年批评家丛书的出版，希望聚集目前上海最具影响力和潜能的年轻批评写作者，精选每一位作者最有代表性的文学批评文章，再推出一套能够全面反映当下上海青年文学评论整体风貌的精品文集，集中展示这一批评家群体的成就和风采，也展示上海文学批评的新发展与新收获。从中我们可以看到，上海青年批评者正在新的科技基座上思考人文，推动人文，书写当下，思考未来，努力做时代的同路人与风向标，对新兴的文学现象进行客观判断，展开有效批评，提出前瞻建议，发出与时代息息相关的声音。

批评随时代而变。当代文坛，创作繁荣，色彩斑斓。塑造当代文学格局的，不仅有风格各异的传统文学期刊，更有引领青年创作风尚的新锐杂志；不仅有传统文学及其出版机构，网络世界的文学平台则更加丰富多样，自媒体、文学社区、网络文学网站等，共同组合出当下文学版图的样貌。随着网络文学的繁荣和网剧等新的艺术题材的兴起，第二辑“述而”批评丛书跟第一辑一个很大的不同，是除了收入传统的文学批评文章，还有意收入了网络文学及泛文学（如电影、电视剧、网剧等）批评的相关作品，在重视传统文学批评的同时，引导读者关注和思考网络文学和泛文学的发展，为日新月异的艺术发展提供有益的参考。

文学的创造性转化和创新性发展需要广大文学工作者的共同努力，青年批评家勾连现在与未来，是最具有潜力的创造性力量。在现代性进程内部有效改造中国传统文论，走出书斋的象牙塔，迈向时代的十字路口，走出内循环的舒适区，在世界性的合唱中加入中国批评的声音，亟待我们直面与践行。“述而”批评丛书第二辑的出版是这份共同努力的一部分，希望能取得有益的社会效果。在新时代的引领下，上海文学具有更加开放创新、流动多元、跨界共融以及面向世界的品质，我们要用全球视野重新认识和深刻把握脚下的热土，进一步深入生活、扎根人民，用文学的方式书写上海改革开放波澜壮阔的生动实践。未来我们将进一步促进创作、打造精品，用系统的观念全面梳理和构建中国式现代化的文学话语和叙事体系，继续赋能文学、提升价值，向广大人民群众提供高品质的文学供给，为推进中国式现代化书写文学篇章、贡献青年力量。

上海市作家协会党组书记、专职副主席

马文运

想念德公
想念孝阳

目录

第三辑

附　录

自序　海上三年

1

这几年，我确实对批评意兴阑珊，这与生活、社交和环境都没什么关系。既然批评是一种主动赋予对象价值和意义的职业，那么，厌倦和消沉来得猝不及防也不算是意外，工伤总是不期而至。所以，当德海问我要不要再出一本评论集时，我拒绝了。后来他又说有钱，我就同意了。于是，我把移居上海后这三年多的文字整理了一下，便有了这个集子。第一辑侧重于中短篇小说分析；第二辑则是长篇小说的文本细读；第三辑是随笔，稍微比前两辑多些趣味；附录则是用札记的形式记录了一些想法。这里有三篇文章与伟长帮我出版的《文学青年编年史》是重合的。尽管在印象中我这几年没怎么写过东西，结果还是收罗出这些拉拉杂杂的东西，可见职业惯性的清理抑或改弦更张并没有那么容易。当然，这也意味着与以往相比，这些文章并没有什么特别之处。

这个书名我用过一次。金理约我出版《第一本》的时候，我在后记《我曾出过一本假书》里提过此事。那本书本来可以成为我人生中的第一部评论集，但是因为一些原因，它从未进入任何流通、发行渠道，于是成了一本彻头彻尾的假书。后记里的最后一句话是："如果有机会我想把那本假书的名字再用一次，出版一本真书……"如今机会来了，"时间是一切事物的后记"也算是对沪上三四年做个小小的总结吧：集子里的文章，最早一篇完成于2019年12月，是移居上海三个月后，那时暗流已在别的城市涌动；最晚一篇完成于2023年1月，彼时我对周遭世界的信任和兴趣正在不受控制地急剧丧失，此后我再也没动过笔；这两篇文章分别是目录中的第一篇与最后一篇，它们之间横亘着对大多数人来说都是飘摇、晦暗的三年时光。

2

编辑这部集子的过程中，我努力在这些文字中找回过去三四年的一些记忆。尽管我习惯在每篇文章的结尾都详细地标明写作时间和地点，结果依然是徒劳。可见，我的写作确实跟这个世界没有什么关系。如果一定要重新定义这种关系，脱节、错位和迟钝大概是比较合适的三个关键词。这些词于我而言并不包含贬义，更像是某种中性的描述、诊断。发现和确认自己与这个世界之间的距离感与时间差，大概是我这几年最重要的收获。

我曾经真诚地投身一些情境以寻求合群、合拍的归属感和惺惺相惜的认同感，而应激反应常常是那种难以抑制、随时会喷薄而出的虚无感和挫败感。巨大的玻璃罩常常不期而至，从天而降，把我与周遭隔开。那样的时刻，我感知不到周围的喧闹，内心也无悲喜，只有自我厌弃像是从缝隙中挤入逼仄空间的浓烟阵阵翻涌不断升腾。我曾尝试过自我纠错，只是这种抵抗似乎在反复确认自身的病态和反常，所以，每一次挣扎都意味着愈发沉重的身心俱惫和愈发漫长的洞穴昏睡时光。直到有一天，我终于意识到在自我与世界之间设定对错没有任何意义，这就好比在两种幻象之间区分哪种更为真实。于是，我开始慢慢接受这样的自我发现所带来的安全感，我知道，它们会慢慢地催生出漠然、疏离、避让这样的局外人心态，但如此方能最大限度地避免让自己重新陷入以病人心态面对健康世界的幻境。

3

事实上，不管类似于笃信这样的词语及其生发的言行曾给自己营造了多少人生幻觉，也不管现场感、参与感这样的观念和行动塑造了我多么魔幻的职业感，有些事情却依然飘荡在那里，无法躲开。那些可以称之为记忆的人和事从来不是主动追寻的结果，而是慢慢浮现的日常生活中那些永久的缺席和塌陷，如同缓慢形成的黑洞，不管是否面对，它都在那里。

在我写这篇序言的时候，孝阳已经走了三年了，德公离去也快三个月了。孝阳走后很长一段时间里，我总是伴随着隐隐不安艰难入睡，总在想他会不会过来找我聊天。可是聊什么呢？孝阳因为孤独而聒噪，正如他的写作泥沙俱下。他聊天的时候常常天上一脚地下一脚，前不着村，后不着店。那种晦涩、混乱、模糊倒是像极了他常常挂在嘴边的量子物理学的不确定性原理。这常常让我很不耐烦。

孝阳张罗过很多没有任何目的的饭局和牌局，他不是喜欢喝酒、打牌，他只是喜欢有群朋友围在他身边。可是聚会总有结束的时候，孝阳戴着瓜皮帽、穿着厚棉袄，像个落魄的小老头，抖抖嗖嗖地骑着破旧的电动车消失在冬夜里……孝阳走了以后，很快便没人再提起了，他的名字也渐渐淡出了“70后”作家群的名单。这些年，我们早就习惯了根据情势变化而关注某人，大部分时候跟写作水平也没什么太大的关系。孝阳的情势早就清零，被人遗忘也在情理之中。我无意抬高孝阳，也无意嘲讽什么人。我只是想说，世界本就如此。

孝阳，如果你过来找我聊天，我们就不聊文学了，聊聊量子物理学吧！说来可笑，最近两年，我也迷恋上了这玩意儿，大部分时候我都不懂，可还是兴致盎然。以至于我现在最喜欢的作家是意大利物理学家卡洛·罗韦利，他评论写得也很好，好到让我觉得自己确实很多余、很无聊。再告诉你一个量子物理学的最新进展吧，今年8月份的时候，美国能源部下属劳伦斯·利弗莫尔国家实验室成功重现“核聚变点火”，第二次在可控核聚变实验中实现“净能量增益”。你知道这是什么意思吗？知道这意味着什么吗？这些你可能都不了解了，没关系，你可以听我说，终于轮到我可以对你喋喋不休了……对了，德公写你的评论，你还满意吗？

德公的长篇评论《三扇门——黄孝阳的十年六部长篇(2010—2019)》在《钟山》2021年第1期发表时，孝阳已经走了两个月。德公后来问起孝阳有没有读过，同彬说，他给孝阳发过Word版。没人能忍受孝阳的赞美，德公也不例外。但是，我还挺想再见到孝阳如何滔滔不绝地用最高级的溢美之词来恭维德公的样子。

德公普普通通的一次写作，无意中却成了孝阳的盖棺论定。只是还不到三年的时间，德公也走了。德公离去的当晚，我半夜惊醒，恍惚中看见一个白衣老头坐在椅子上倾身探向床边，似乎想跟我说点什么，可是我的床边并没有椅子。后来赵松跟我说，那是德公来看你了。当时我该说点什么吗？可是说什么呢？

倘若不是对志业充满执念，德公这一生又如何用淡然、从容和得体来消解他所遭受的漠视、流言和不公呢？写了一辈子的评论，到头来还是个退休工人，很少名正言顺过。这些年，批评的样子越来越难看了，大部分时候，评论者与对象在身份、话语权等方面的整合决定了批评的大部分意义，“谁评论了谁”

成了判断批评的重要标准，至于批评本身的好坏是不大有人关心的。所以，在荒腔走板的著名人士们四处掠食的世界里，谁会在乎一个无权无势的老人在知识结构和写作技艺上的不断精进呢？如果这些进步在文学界的名利场里更像是负数，甚至是威胁，那就视而不见吧。

评论是体力活，消耗太大了，而德公偏偏又是个认真、热情的人。最后这几年，他写得太多了，还有不少是被人连哄带骗后不得不应承下来的。有些约稿本就是脏活、累活，大人物们通常是没时间，也不屑于做的。于是，他们把活派给了德公，大概还会认为这是在给德公机会，是赏赐。毕竟一个既无身份也无权力的工人小老头是不大配写评论的。所以，分田分地真忙的一群人聚在一起排排坐吃果果的时候，是绝不会想起摘果子的人的。酒足饭饱之余剔着牙聊几句德公，算是聊以自慰操守还在。德公终究是个点缀、下酒菜和消食片。

德公，估计我们还要很久才能再见面，当然了，世事有时难料……到时候，我们还是不要聊批评了。那天我去你家的时候，带上了自己刚出版的书。你接过去，放在了桌子上，并没有打开。是呀，谁要看评论呢，大多数写作都是速朽之物，更何况寄生性写作呢，没有生命，也没有记忆，打开后只能看到自己一次次无意义的耗散……我时不时会想起你，但从来不会去翻开你的集子。这些年你要是能写点别的就好了，比如回忆录之类的，这样我还能时不时去你的记忆里游荡一会儿。我现在只能在自己的记忆里一遍遍搜索，只是它们也会渐渐消失的……

你走后第二天，我去看师母。师母说，再过一段时间，我和德培在一起就整整五十年了，我们还准备办个金婚仪式呢……你看，还有好多有意思的事情都还没来得及做，还有好多酒都没来得及喝……

我记得那天，你的工友专门赶来烧了一桌子菜。你就坐在旁边看着我们吃，看着我们喝。我当时以为你重新举杯的日子应该不远了。那天你还给我开了一瓶威士忌，说是已经在家里放了很多年。说实话，关于威士忌，你的品位确实不行。如果哪天再见，我请你喝威士忌吧。我们就不喝白酒了，太闹腾，喝威士忌可以说很多很多的话……

4

好久没有动笔了，以至于这篇短短的自序竟磕磕绊绊地写了好几天。今早起床的时候，发现是12月27日，孝阳三周年忌日，而到了明天，德公离世也整整三个月了。德公是今年的9月28日那天走的，第二天就是中秋节。再过几天，新的一年就要来临了，我想我也该结束这篇文章了。虽然有些事还要用些时间去消化，但是用一篇短文向旧文、旧人、旧事告别，也算是一种跨年仪式吧。新的一年，好像得干点什么了……

2023年12月27日晚

第一辑

偷袭者蒙着面

一

> 文学可以定义为一种奇特的词语运用，来指向一些人、物或事件，而关于它们，永远无法知道是否在某地有一个隐性存在。这种隐性是一种无言的现实，只有作者知道它。它们等待着被变成言语。[1]

希利斯·米勒对“文学”的定义，像是关于麦家[2]写作的一个注脚。我们熟知的文学经验光谱的两端，一端是大历史的高台，另一端则是日常的栅栏。我们关于社会、历史、人文、

[1] ［美］希利斯·米勒:《文学死了吗》，秦立彦译，广西师范大学出版社2007年版，第67页。

[2] 本文在提及麦家的中短篇小说时，只标注完稿时间，引文版本信息不再另行注释；麦家的长篇小说版本太多，所以笔者在首次提及某部长篇小说时会标注其首次出版时间，引文注释则依据笔者所使用的版本。

政治方面的基本认知，决定了我们会把目光聚焦于两端之间的某些特定领域，那些在常识范围内可以随意赋形的经验便成了意义的良田。那些视野未曾光顾或路径有限、思维稳固的意义生产方式无法立足的区域，也就成了意义的贫瘠之地。麦家偏偏是个执意要在贫瘠之地发现深矿的人，那些深埋地下的“隐性存在”便成了熠熠生辉的词语。麦家挖掘的这些“秘密”无迹可寻却又无处不在，它们不参与日常经验的运转，却可以决定日常的有无和存毁；它们有时更像是历史的私生子或替罪羊，明明是大历史运行的重要驱动力量，却又是历史攫取胜利和荣耀之时需要极力掩盖的“丑闻”。关于这些“秘密”，用麦家自己话来说：“我们别无选择，‘只能住在一个间谍、阴谋、秘密大道横行的社会’。”[1]

或许我们可以说，此类“秘密”在某些类型文学和影视作品早已屡见不鲜。然而此类经验说到底，是廉价的“英雄梦”和佯装高深的“阴谋论”交媾的结果，借助想象力的放纵和情感、暴力的宣泄，造成了真相澄清、正义伸张的意识形态幻觉。所以，此类经验及其呈现方式其实是用历史虚无主义筑起一道高墙以隔绝历史真相的困扰。理论的教条主义告诉我们，应该从大众文化中发现潜在的异端，但是现实的状况却显示：在特定的时空领域内，大众文化生产和传播的唯一宗旨，就是培养

---

[1] 麦家：《暗算》，北京十月文艺出版社2014年版。后文中凡引自该书的引文不再一一注释。

昂扬、乐观、迷醉的历史虚无主义态度，以抵消潜在的求索和抵制。

麦家与类型文学的共同之处，在于对“故事”的强调。用麦家自己的话来说：“奔跑中，我们留下速度，却使文学丢失了很多常规的品质，比如故事。”[1] 他对自己“故事”的吸引力也充满自信：“我的写作一直执迷于迷宫叙事的幽暗和吊诡，藏头掖尾，真假难辨，时常有种秘中藏密的机关不露。因此，我的小说具备某种悬疑色彩，这对大众的阅读趣味也许是一种亲近。”[2] 所以，麦家的写作与类型文学的关系，是一个绕不开的话题。

麦家的写作虽然披着类型文学的外衣，但是，正是在处理“历史”与“故事”关系的基本态度上，使得他区别于类型文学并飞扬起绝对的精神高度。类型文学对“历史”的要求是简单直接的工具化思维，“历史”元素在文本内执行某些点缀、辅助的功能，从而让故事在“虚构”的范畴内能够自圆其说，并制造文本之外存在着现实、历史的客观对应物的幻觉。事实上，那些历史元素随时可以被其他类似的历史元素所替代，且不影响故事内部的自洽。换言之，那些染指历史的类型文学，其实是在利用文本之外的历史常识的片段或现实经验的碎片来装点、伪饰文本源自历史或现实的假象。由此，历史与现实便以某种

[1] 麦家：《捕风者说》，作家出版社2008年版，第175页。

[2] 麦家：《暗算》，作家出版社2011年版，第272页。

肤浅的方式被“虚构”征用，并有被抹去边界的可能。这是“虚构”的权力的合理使用，还是“虚构”的暴力及其滥用，取决于不同的读者对类型文学的基本态度。

麦家并不是那种喜欢喋喋不休地进行自我阐释的作家，关于“故事”与“历史”的关系也是只言片语：“也许我不该说，但话到嘴边了，我想说了也就说了，我希望通过《风声》人们能看到我对历史的怀疑。什么叫历史？它就像‘风声’一样从远方传来，虚实不定，真假难辨。”[1] 相对于《风声》(2007)中故事的精密、复杂和时空跨度，麦家关于“历史”的言论显得谨慎而低调。很显然麦家更愿意让“故事”自己发声，更相信出色的“虚构”能够由内而外地辐射出询问历史的能量和光芒。在用历史装扮故事与用故事照亮历史之间，麦家毫不犹豫地选择了后者，这正是麦家的写作在审美趣味和精神品格等层面严格区分于类型文学的重要原因。

“历史”之于麦家既非宏阔、沉重而难以描述，也非辽远、缥缈而可以放纵想象，而是一个个具体、完整的故事，是与具体的政治、日常、回忆、传闻、欲望相关的经验、情感和意义。历史的总体性以草蛇灰线的形态埋伏于虚构之中细微、及物的细节里，化为故事本身的有机构成。有时，一句话可以点亮一个时代，一个声调能够扭转叙事走向……当一个个被麦家宣称

---

[1] 麦家:《捕风者说》，作家出版社2008年版，第181页。

为道听途说的故事以尽量完美的程度被呈现时，读者的兴趣会被同时引向文本之外的那些历史和现实的幽暗之处。更何况，麦家写作的起点，恰恰是从追寻被刻意抹去的历史真实开始，或者说是始于试图靠近历史深处的某个禁忌。于是，在“虚构”与“历史”之间形成了某种戏剧性的张力关系。禁忌/真相与虚构/故事之间明明需要彼此证明，却又不得不彼此打量、相互提防，这是麦家写作的魅力所在。这种情形可以借用麦家的一部中篇小说的标题来形容，即《让蒙面人说话》(2003)，这篇小说的内容后来被改写为长篇小说《暗算》(2003)的一部分。不妨把“让蒙面人说话”理解为麦家讲述秘密和禁忌的姿态，即如何讲述禁止言说的秘密。

“蒙面”即为叙述的匿名性，在隐藏叙事者身份的前提下提供信息。对蒙面者来说，在隐匿了身份的确定性和信息来源可靠性的前提下，如何仅仅依凭语言、声音把既无法证实亦无法证伪的故事，以令人信服的方式呈现出来，确实是个难题。这其实是历史叙述中的某种悖论，即如何为宣称不存在的历史赋形。对读者或观众而言，面对没有身份和信息的权威性保障的故事，他们只能报以怀疑的态度，同时还要辨析词语、语调本身就携带的歧义和不确定性。这就涉及历史叙述的另外一个悖论，当宣称被抹去的历史被陈述出来时，它在多大程度上属于“虚构”的发明。于是，在“蒙面人说话”场景里，语言与故事、声调与真相、历史与虚构、说服与质疑、发明与伪造等种种因素，交织出紧张、充沛、丰富的叙事关系和意义层次。蒙面人每次开口都是一次小心翼翼的泄密，都是对历史幽暗之处一次猝不及防的偷袭和曝光，语言、智识和意义相互追逐造就了故事偏执却迷人的气质。正如李敬泽评价的那样："麦家所长期坚持的角度，是出于天性，出于一种智力和趣味上的偏嗜，但同时，在这条逼仄的路上走下去，麦家终于从意想不到的角度，像一个偷袭者，出现在他所处的时代。"[1]

二

谍战系列让麦家声名鹊起，这是他逐步选择、调整的结果。麦家对此有比较清醒的认知："我也许属于比较'勇敢'的人，选择了离，重新找时找到了'解密'系列：我明确地感到，这是我的'另一半'，然后它就像是我的爱人，如影相随，心心相印，对我的影响和改变也不亚于爱人。"[2]

事实上，重新选择的只是题材，而他对"真相"和"秘密"的偏执地勘察和讲述却是一直未变的。《解密》（2002）写了11年，但是在此期间及其前后，他还写了许多非谍战题材的中短篇。倘若把这些作品视为谍战系列的附庸，或是为谍战系列而

[1] 李敬泽：《偏执、正果、写作》，麦家：《密码》，江苏文艺出版社2014年版，第230页。

[2] 麦家：《捕风者说》，作家出版社2008年版，第184页。

进行的训练和准备，则容易造成对麦家理解的偏颇。“谍战”属于那种溢出历史、现实常态的“奇异”经验，经验本身所具有的故事性、传奇性很容易引发审美阅读层面的“震惊”，以至于会在一定程度上掩盖对文本更为深刻全面的细读。所以，处理常态经验的能力也是衡量作家功力很重要的一个方面。

麦家有过17年的军旅生涯，除了那些谍战系列，与军队有关的题材在麦家的写作中占有很重要的部分。《第二种败》（1990）写于麦家服役期间。故事比较简单：在一场战斗中，指挥官阿今血战至孤身一人。他在并不知晓已经取得胜利的情况下，举枪自尽。所以，故事混合着荒诞、怜惜以及轻微的嘲讽。从表面上看，阿今的举枪自尽与未完成使命的屈辱感有关，小说甚至还讨论了信仰和精神在关键时刻能否给予个体勇气和动力之类的问题。但是阿今自杀前的一段心理/风景描写将这个故事引向更深层的意味。

> 又是风起。山野的风。风把孤立的旗帜吹得猎猎作响，好像在浅吟低唱，又好像在讲述一个关于战争和战俘的故事。阿今听着，觉得十二分的刺耳，又揪心地疼。阿今说，它在嘲笑我，它在叙述我的失败。

阿今死于恐惧和羞愧，但绝非面对具体“失败”的恐惧和羞愧，而是对“失败”即将被记录于故事、叙述、历史之中这件事的恐惧、羞耻和绝望。麦家以某种意想不到的角度“偷袭了”历史。这种历史反思指向革命/历史叙述中关于“胜利”的无限迷恋和过度颂扬。这种功利主义的历史叙述，对“失败”缺乏基本的体察和同情，并鼓励把“失败”视为道德范畴内羞耻之事。最终，肉身毁灭于被某种僵化的意识形态所规训的，并扎根于内心深处的历史观和历史意识。

《两位富阳姑娘》（2003）亦是个士兵死于羞愧的故事，只不过这次是女兵自杀。“文革”期间，军医在一位刚入伍的女兵的身体复检报告上写下了意见：“据本人述，未交男朋友，但检查发现处女膜破裂，属极不正常的情况，建议组织上慎重对待。”女兵被遣返原籍后，以自杀证明清白。事后发现，体检时她的名字被同批入伍的另一名同籍女兵冒用了。这样的故事有我们熟知的伤痕文学的味道。但麦家无意在“革命”与情欲的关系上老调重弹。简单粗暴地在身体的纯洁与信仰的坚定之间建立联系，固然是“革命”的道德洁癖的荒谬之处，却也是众所周知的事情。问题是，当女兵被遣返原籍后，却同样遭遇了身体、精神双重不洁的指责。在这一刻，“革命”与乡村共享了某种前现代的伦理道德逻辑。

然而麦家并未止步于此。这篇小说最为奇特的地方在于，所有的人物都没有名字，只有亲属关系、职业身份来标示他们在故事中的作用和相互关系。就连受害者也没有自己的名字，唯一一次正面提及，还被处理为“叫×××”(《两位富阳姑娘》)，在其他几处，则被称为“破鞋”。承载这种道德评价的具体的肉身面目模糊。小说中的每个人都在执行与身份相关的功能，并没有人因一个鲜活生命的死亡而被问责，更没有人对道德错判进行纠正。人人皆为匿名，具体的个人消失于功能、符号的背后，就连道德对象也成了符号和功能，背后具体的个人已经变得不重要。从这个角度来看，麦家已经把故事推进到历史寓言的层面：在一个由先验的秩序和律令来分配身份、功能、符号的社会历史语境中，道德本身也只是空洞的修辞。故事的结尾，妹妹顶替姐姐入伍，无非是一个匿名的肉身填补了另一个匿名的肉身的空缺，然后争端消弭，秩序恢复，一切照旧，仿佛“×××”的出现只是为了验证秩序能否有效运行的试错手段。就像小说的标题“富阳姑娘”，无非是一群被匿名的、被分配去执行某种角色功能的群体的简称。由此，秩序方能封闭、循环地运转下去。正如小说结尾处的那句话提醒的那样：“当我想到，我马上还要这样地重走一趟时，我心里真的非常非常地累。”(《两位富阳姑娘》)

这便是麦家的奇崛之处。军旅文学的内在要求和军人的职业属性从未对他的写作造成任何限制。在他的写作中，军旅题材仅仅是故事的材料，军队无非是人物活动的区域和背景。他并不刻意强调某些因素的“特殊性”，因而与“典型”的军旅文学拉开了距离。这也是何以在麦家的军队故事里可以看到他关于社会、历史更为宽阔、深刻的思考。像《农村兵马三》

（1999）、《王军从军记》（2002）这样的小说所描述的，其实就是个人试图通过职业选择和努力奋斗而实现阶层流动的故事。虽说这样的故事与其他作家的同类作品相比，并不算出类拔萃。但是从中依然可以看出麦家写作的某种倾向，他对“边界”的突破和对“特殊性”的漠视，使得“虚构”能够超越特定的经验领域和意义生成惯性，从而呈现更为宽广雄厚的气象和境界。

顺着这样的思路，就能够理解《黑记》（2001）这样的小说。一场艳遇与一场关于病毒和人类未来的科研讲座，构成了这部小说的两个部分。这本是两个毫不相关的故事，却被艳遇中那个女人乳房上的“黑记”连接起来。因为这块“黑记”既能够引发情欲，又是某种原因未明的病毒。这种稍显生硬的结构方式，是麦家刻意设计的结果：科学故事中断了读者关于情欲故事的阅读期待，情欲故事亦让严肃的科学探讨沾染了几分猎奇的味道。这种奇异的混搭和拼贴，使得情欲、伦理、身体、病毒、人类未来之间产生了戏剧性的意义关联。因为，经验本身的体量与辽阔的意义之间存在一定的距离，所以麦家才要通过这种戏剧性的张力关系来呈现自身意图。这篇小说的探索性和争议性正在于此。但是麦家的写作风格在这里表现得也很鲜明，相对于经验本身的描摹和刻画，他更愿意以某种偏执、奇崛的方式去挖掘经验背后可能存在的更为普遍、深层的意义，或者说秘密。如同《黑记》中呈现的那样，谁能想到情欲的背后居然隐含着事关人类未来的秘密。尽管荒诞、夸张，但为什么不可以呢？借用谢有顺的评价："一个作家如何为自己的想象下专业、绵密的注脚，这是不可忽视的一种写作才能。"[1]

三

因为长篇小说对经验、细节、智识有体量方面的要求，所以麦家的写作风格在"谍战"系列中得到更为典型的体现。前述已经讨论了麦家与类型写作的关系。在此还要补充一点：新世纪以来各种类型的汉语写作的发展态势表明，当前文学史书写和批评实践中所谓的"严肃文学""纯文学"等概念所指涉的写作其实就是某种类型文学。这些类型的写作中比较突出的就有谍战文学、网络文学和科幻文学。1980年代中后期以来，"严肃文学""纯文学"的概念、话语已经垄断了"当代文学"领域，需要在这种情况下来审视新世纪以来类型写作的态势，并平等地审视他们的优势和可能性。麦家无疑是开启这种思潮的关键性人物。甚至可以稍显武断地说，让"严肃文学"成为类型文学，始于麦家。简单说来，麦家对类型写作某些要素的借鉴，使得自身的严肃写作迈向了更为开阔、精深的境界。同时，正是在这种作品形态映照下，作为类型文学的"严肃文学"的边界和局限比较清晰地暴露出来。

---

[1] 谢有顺：《〈风声〉与中国当代小说的可能性》，《当代作家评论》2008年第2期。

《解密》（2002年）是麦家的第一部长篇小说。用麦家自己的话来说："破解密码，是一位天才努力揣测另一位天才的'心'。这心不是美丽之心，而是阴谋之心，是万丈深渊，是偷天陷阱，是一个天才葬送另一位天才的坟墓。"[1]很显然，这是个关于天才和阴谋的故事。因为麦家并没有止步于故事本身，这部卓越的小说的诞生便有可能。首先，百年中国的历史发展与故事进程相互支撑。不仅故事的起承转合的部分合理性需要在历史进程中得到求证；更重要的是，以故事主角容金珍为中心铺展出一个百年中国知识分子的形象谱系。可以简单梳理一下：第一代，容黎黎是晚清时期就游学海外的读书人，回国后兴办新式学堂；第二代，容小来和容幼英拥有海外大学的正规学位，是民国大学教育的中坚力量；第三代，容因易是抗战时期的大学生，新中国成立后留在大陆；第四代，容金珍则是新中国成立后国家培养的大学生。这个以血缘关系连接而成的现代中国知识分子形象谱系在与故事融合后，显得意味深长：这四代人在视野胸襟、社会贡献、活动空间、精神境界等层面呈现逐代变化的趋势，直至容金珍消失于社会领域，成为国家的"秘密"。虽然，容金珍的崩溃，有冷战格局下国家利益之争这种政治正确的宏大叙事作为背景。但是在更为深远的意义上，容金珍的崩溃未尝不是"现代知识分子之死"的隐喻。所以，这亦是《解

[1] 麦家：《捕风者说》，作家出版社2008年版，第165页。

密》中隐藏的另一个“秘密”。

再者，在“虚构”领域征用“非虚构”手段作为叙事策略，不是什么新奇的技法。然而麦家凭借对其的出色运用，使得《解密》在故事形态和意义表达上呈现更丰富的审美层次。严格说来，容金珍的主线故事是类型故事的写法，叙事在传奇故事的道路上一路狂奔。但是当各种“访谈”“录音”“见闻”不断地插入故事主线时，叙述节奏不仅得到有效调节，而且在庞杂的外部信息不断介入下，主线故事的形态和意义也渐渐丰满、复杂起来；更为重要的是，在这个过程中，故事的“野史”气质逐渐被涤荡，开始显露“正史”的伟岸气质。于是，被掩埋的历史重见天日的幻觉被麦家利用“非虚构”技法制造出来。当“容金珍的日记”出现在小说结尾时，诸多类似于“鬼不停地生儿育女是为了吃掉他们”[1]的句子，不仅让容金珍的形象更加立体、丰满，同时也让人觉得失落的知识分子精神之魂似乎回归了。

如今重读麦家的谍战三部曲，不管是从写作难度，还是作品形态的完美程度，抑或是意义呈现的深广度，《解密》确实是最好的那部。所以，多年以后麦家在描述《暗算》的各个版本时，还念念不忘《解密》：

---

[1] 麦家：《解密》，北京十月文艺出版社2014年版，第288页。

“《解密》我写了十一年，被退稿十七次……血水消失在墨水里……这过程也深度打造了我，我像一片刀，被时间和墨水（也是血水）几近疯狂地捶打和磨砺后，变得极其惨白，坚硬、锋利是它应有的归宿。”(《暗算》)

虽说到了写《暗算》的时候，麦家有了“削铁如泥的感觉”，但他的探索依然在深入。《暗算》的争议性在于结构，在最终修订的版本中，由五个能够各自独立的故事构成。麦家的解释是：“《暗算》是一种‘档案柜’或‘抽屉柜’的结构，即分开看，每一部分都是独立的，完整的，可以单独成立，合在一起又是一个整体。这种结构恰恰是小说中的那个特别单位701的‘结构’。”[1]麦家的解释并不牵强。如果说，在《解密》中，麦家是要发现那些被历史藏匿起来的“秘密”；那么，在窥见“秘密”以后，麦家打算在《暗算》中去近距离地观察、描述那些制造“秘密”的人，而这些人在制造“秘密”的过程中各有分工，或者说他们从不同的角度参与了“秘密”的制造。所以，《暗算》的结构是对应了以隐秘的方式被关联起来的一群人。当麦家再次动用了“非虚构”手段以后，“虚构的特权”使得他描述这群人的日常成为可能。于是，“世俗”进入了故事，这也使得《暗算》看上去像是采取了去神秘化的叙述策略。

---

[1] 麦家：《暗算》，作家出版社2011年版，第272页。

阿炳、黄依依、陈二湖以不同的方式展现了他们与“世俗”的纠葛。生理上的天赋异禀与精神的残缺在阿炳那里合二为一，使得阿炳更像是一个没有欲望的工具化肉身。所以，他无法理解被馈赠的世俗欢愉。但黄依依作为一个精神健全，肉体健康的人，执着地追求世俗欢愉却不得。如果说，阿炳死于馈赠，那么，黄依依则死于匮乏。与阿炳、黄依依不同的是，陈二湖是那种视纪律和战斗为人生全部意义的人。所以，当他退休后不得不面对世俗生活时，他的精神状态很快萎靡起来。他只有重新回到红墙内，才能安度晚年。如小说中提到的那样：“红墙就像一道巨大的有魔力的屏障……父亲回到红墙里，就像鱼儿回到水里。”自此，麦家在《暗算》中关于“秘密”的窥探只能止步于此。

在《风声》里，麦家依然执着于“秘密”的发现和描述。如果说，《解密》让被历史抹去的秘密重见天日，《暗算》让藏在秘密里的人现身人间；那么，在《风声》中，麦家开始对历史本身感兴趣，或者说历史从何而来成为了有待“解密”的问题。《风声》无疑是谍战三部曲中最具戏剧性和设计感的故事。核心故事是一场发生在封闭空间的生死智斗。密室逃脱，罗生门，戏中戏，酷刑与暗杀……诸多类型故事的主题和手法都被麦家调动起来。然而当故事里的幸存者和知情者在事后纷纷发声时，读者才意识到这个精彩的故事仅仅只是个供拆解的目标。回忆、录音、访谈、正史记载，甚至是重要证物（遗物），不仅仅在消解故事的可信度，而且彼此之间相互证伪，甚至在细节回忆和证物真伪方面都出现了重大分歧。

不同的力量都在争夺革命往事的解释权。尽管这场胜利是各方合作的结果，但依然会因为政治立场的不同而导致记忆重塑的差异。于是，一场斗智斗勇的英雄赞歌，在另一方的眼里就成了不折不扣的阴谋和背叛的故事。有趣的是，证物的真伪并不在于真相的澄清，反而暴露了革命叙述偏爱戏剧化的情节设计和道具使用的倾向。政治化的历史叙述经不起物是人非的检验，于是，个人记忆就变成了虚构变数的源泉。比如，在顾小梦那里，信仰与感情碰撞的结果是两者皆可疑；而在潘教授那里，"父辈的旗帜"愈发显得神圣、崇高。可见，"虚构"衍生出更多的"虚构"，而那些衍生的片段式的"虚构"却反过来让一场精心设计的、完整的"虚构"破碎、崩塌。正如历史叙述的瓦解始于那些被忽略的细节的生长。正是在这个意义上，历史本身变得面目可疑、迷雾重重。用麦家自己的话来说："正如历史本身，它像'风声'一样从远处传来，时左时右，是是非非，令人虚实不定，真假难辨。"[1]当麦家把历史视为虚无的时候，也就意味他那把那些历史中的秘密和人一起抛入了虚空。

四年后，麦家写了一部稍显粗糙的长篇小说叫《刀尖》（2011），上下两部的副标题分别为"阳面""阴面"。可以借用这

[1] 麦家：《〈风声〉是〈暗算〉的敌人》，《捕风者说》，作家出版社2008年版，第170页。

种说法来进一步理解麦家看待经验及其意义的方式。倒不是说麦家习惯从正反两面来描述经验及其意义，而是说，“阴面”和“阳面”都未必是抵达真相的途径，经验的多种面相相互对峙、逼供、角力时所撕开的那道狭缝或窄门，可能才是抵达秘密深处的入口。

就像麦家新近的那部长篇小说《人生海海》（2019）里的主人公，他有时被叫作“上校”，有时被嘲笑为“太监”，而他的真名叫“蒋正南”，于是如何讲述他的真实经历及其背后“秘密”便成了一个问题。每个称呼都代表着他所经历的某段历史和别人对其具体经历的猜想和评价。它们的相互补充和修正，便构成了一段历史不同面相之间的叙述张力。简单说来，“上校”与“太监”分别代表“蒋正南”所经历过的历史的荣光与屈辱。麦家就是在对荣光、屈辱及其背后的“秘密”的一一求证、还原和“解密”过程中，将童年的记忆编织成了雄浑的历史故事。更为重要的是，麦家这次再次展示了他奇崛的想象力和精妙的赋形能力：不管是形式上还是意义上，无论是实体层面还是隐喻层面，他都极其恰当地把复杂的历史面相、层次、意义都铭刻在一个具体的身体之上。简而言之，历史的肉身，或肉身的历史以一种直观、鲜活的意义和形态穿行于《人生海海》的字里行间。诸多细节以极端、惨烈、感性的方式直抵历史深处：在某些时刻，高昂的生殖器可以作为历史进攻的武器，是历史荣耀的表征。欲望、身体、色情都失去了具体的内容和道德伦理相对性，成为历史正义本身。而在另外一些时刻，历史的“耻辱和罪恶”[1]真的被刻在肉身的隐秘之处，需要以禁欲和沉默来拼死守护。身体和伦理的道德羞耻感一旦被历史征用并过度强化，往往是历史溃败、唯余肉身可以支配之时。在两端之间，信仰、革命、世俗所构成的基本历史态貌无一不在试图重新塑造这个脆弱的肉身……用麦家自己的话来说：“这个小说其实和革命、暴力、创伤是纠缠不清的。”[2]

这本是个无休无止的过程，但是当蒋正南成为一个“鹤发童颜害羞胆怯”的老人时，便意味着故事将走到尽头。蒋正南精神崩溃后，智力回到了童年状态。所谓童年是指“完全幼稚、天真、透明”的精神状态，对过去没有记忆，对未来没有恐惧。这种刻意设计的情节与其说是麦家试图与历史和解，毋宁说是过于沉重、难以承受而不得不谨慎地终止询问和探索。因为所谓“童年”既阻止不了创伤记忆的偶尔闪回，更抹除不了刻在肉身上的历史污迹。这样的设计其实就是麦家试图带着他所珍视的人物一起从历史中逃逸。这种意图在故事的结尾表现得更清晰，那块历史的污迹已经被简陋的文身替代：“一棵树，褐色的树干粗壮，伞形的树冠墨绿得发黑，垂挂着四盏红灯笼。”树冠遮住了一行字，那行字事关历史的色情和暴力，四个灯笼则掩盖了四个汉字，那是一个日本女人的名字。把污迹和创伤涂抹、美化为一幅美丽的风景，麦家故意制造了与历史和解的幻

[1] 麦家：《人生海海》，北京十月文艺出版社2019年版。

[2] 季进、麦家：《聊聊〈人生海海〉》，《当代作家评论》2019年第5期。

觉，他要借此掩护自己暂时的退场。因为关于“秘密”的每次探寻，都是与历史身心俱惫地缠斗，他需要稍事喘息，为下一次猝不及防的偷袭养精蓄锐。

（原名《偷袭者蒙着面——麦家阅读札记》，刊于《扬子江文学评论》2020年第1期，收入集子时，文字有所改动。）

梦境收割者

一

鲁敏把自己最新的小说集命名为《梦境收割者》[1]，对此她曾解释：

> 收割，没什么，就是类似拿镰刀的动作，这动作虚构意味很强，哪怕在梦里，也未必真能拿起镰刀——梦啊，固然是荒诞不经、万般魔幻，可从来都不是瞎做的。它有它的投射逻辑。[2]

---

[1] 鲁敏：《梦境收割者》，中信出版社2021年版。本文所有引自该书的引文不再一一标出。另，鲁敏的中短篇小说集多达十几种，其中几部在笔者看来颇具代表性，故本文提及的其他作品和引文均引自其中。

[2] 鲁敏：《吴刚捧出桂花酒》，豆瓣，2020年12月8日。网址：https://book.douban.com/review/13041914/。

锋利、坚硬的锐器与带有虚幻、柔软意味的词汇的组合，很容易让人想起十几年前她讲过的一个酷烈却又带有古典气息的东坝故事的名字——《风月剪》[1]。裁缝是一种与身体及其审美密切相关的职业，所以，少年学徒的技艺增长与对身体的熟悉程度是相互成就的，如影随形的便是情欲的萌生和对美好生活的想象。于是，身体、欲望、技艺合奏出成长小说的变调。尽管这是个当代故事，但是它发生于裁缝还与日常生活保持直接而密切关联的那些岁月里，倘若故事仅仅停留于此，那它将落入我们熟知的那种带有前现代光晕的岁月静好的乡村故事模式中。成长小说的虚伪之处在于，它用指向未来的乐观主义历史幻觉，模糊了关于此时此刻的真实的体察。师傅的故事是对成长小说的修正和再教育。在故事的后半段，宋师傅手起刀落，用剪刀斩断了自己的生殖器。他想用极端的方式与不洁的身体、压抑的欲望和不伦的行为彻底了断，然而残损的血肉之躯却成为欲望、命运、道德相互撕扯的人生随时可能失控的隐喻。鲁敏以极其反讽地方式改写了成长小说，虚构仿佛是利器，撕开温情和美好的人生幻觉，把人生的狰狞、残暴赤裸裸地呈现出来。就像《徐记鸭往事》那般，一半是小人物奋斗的市井故事，弥漫着热气腾腾的俗世生机；一半是血腥复仇，肃杀之气犹如人间地狱。

[1] 鲁敏:《取景器》，山东文艺出版社2009年版。

我头一回搂住她，从后面圈住她两只凉凉的胳膊，同时，另一只手向床头柜伸去，在我的那堆衣服里，轻易地就摸到了那把又薄又轻的片儿刀，像对付麻儿鸭似的，给她来了那么一下。当然，她脖子到底不是鸭脖子，要稍微费些事儿。

出于习惯，我把她往床边挪了挪，让她的脖子侧过来，悬空在床沿，尽量不要弄脏床单。她的血开始往外淌，但不是很激烈。我还来得及跑到卫生间，拿来一只看上去比较干净的瓷盆，接在下面。[1]

杀人的过程便犹如制作南京盐水鸭的准备，谋生工具与杀人凶器成为利刃的两面，轻轻一转，两种场景叠加出令人惊悚的时刻。鲁敏再次用利器试探了人世的脆弱和不确定性。如果考虑到这个故事是经亡灵之口被讲述出来，像是惊厥之后对噩梦的回忆，人世的虚无感便弥散开来，正如那对师徒的故事在时隔二十年之后被回忆建构出来，恍如隔世，虚实难辨。可以说，这些作品在很多年前就以极富戏剧性的方式演绎了鲁敏作为“梦境收割者”的作家形象，她手持利器刺向人世幻象，幻象背后是无穷无尽的虚无……

[1] 鲁敏:《荷尔蒙夜谈》，北京十月文艺出版社2017年版。

二

如果说“梦境收割者”一直是鲁敏的写作形象的一个侧面，那么不妨把收入集子的《或有故事曾发生》视为鲁敏关于这个形象及其呈现的写作观的一次反思。《或有故事曾发生》大概是鲁敏迄今为止体量最大的一部中篇小说，主要讲述了一个写手殚精竭虑试图炮制一篇“10万+”的非虚构作品的过程。在虚构范畴内描述非虚构写作的发生过程，意味着通常关于“虚构”和“非虚构”之间松散却相对稳定的区分将在这里重新被审视。小说中反复提到那本“麦老师”写的“绿皮书”，其实是美国著名作家约翰·麦克菲（John McPhee）撰写的一本非虚构写作教程《写作这门手艺》（*Draft No.4: On the Writing Process*）。当主人公把这本写作教程视为可以炮制爆款作品的宝典时，一个具有反讽色彩的“梦境收割者”形象出现了，至少他的行为在直观上营造了某种喜剧感：某些以真相为名的非虚构写作，可能沦为依凭技术和程序收割流量和名利的过程。

> 五十多年啊，等于说我老爹还是光屁股猴儿的时候，麦老师就写上了，绝对祖师爷，带出了一代又一代的徒子徒孙重孙，包括我的偶像海斯勒，写《寻路中国》的……虽然我跟他们尚扯不上师徒爷孙之伦，却也无妨我自投宗

派吧。这次，我就想绝对地去按麦老师的教程来写，说不定将来能投稿给《纽约客》呢，为什么不？得“想得美”一点儿！

约翰·麦克菲的这本书其实只是自己写作经验的总结，或者说，他在“结构”“进程”“第四稿”[1]等写作技巧层面的具体建议都来自其备受赞誉的那些成功个案。当这些具有个人经历特殊性且附着于具体内容上的技巧和意见成为类似于质量认证体系中的程序、规范和律令时，“非虚构”在这个意义上将成为目标、内容可以预设的工业生产流程。正如随后的情节所描述的那样，“我”在调查少女烧炭自杀的过程中，一直在按照“绿皮书的说法”来思考和行事，包括组织语言、描绘细节、营造氛围、引导注意力……并期待真相的展开能契合这些准备工作。只是真相的每一步趋近都是击溃猜想和规划的时刻。倘若在这样的时刻讨论语言与现实的关系，便会发现：从现实主义的角度来看，是现实击溃了语言；但是，从“我”的规划和猜想来看，语言已经创造了自己想要的“现实”。曾有学者揶揄过这种情况：“一代代玩世不恭的记者们流传下一条古老的规则：‘绝不要让事实妨碍一篇好故事。’”[2]就像“我”苦寻真相而不得时所坦白的那样：

[1] 参见［美］约翰·麦克菲：《写作这门手艺》，李雪顺译，湖南文艺出版社2018年版。

[2] ［加拿大］罗伯特·弗尔福德：《叙事的胜利：在大众文化时代讲故事》，李磊译，南京大学出版社2020年版，第27页。

可不，真实到底什么样，不就是小儿眼中的那只太阳吗，孰大孰小孰远孰近孰凉又孰热哉。秦老师的未遂，志华的中断，态度可疑始终不肯露面的初音，不正有着最可作为的空白吗？记得我还猜想过“恋父情结”“死亡图钉”与“三角恋”的呢，包括与米米她们俩同住的那位性别不明者，很方便就能带入“LGBT”的族群概念……在历史、社会与家庭的所谓伦理建模中，重新推演出米米的死因，一条万能如意的逻辑链，要深刻便深刻，要动人便动人。需要的话，我可对某两条线筑渠引水、描红加粗，而把另外的线淡化出镜直至彻底删除。没什么的。……哈哈反正那就是谁也不知道的“真相”不是吗。

作为目的的真实和真相被悬置，技术、套路、程序可以组合出多种“真相”。在这样的时刻，“非虚构”写作成为后真相时代的一种表征：在一个真相可以被设计和制造的时代里，“非虚构”沦落为一种修辞体系。“非虚构”写作固然涉及技巧。但在技巧被讨论之前，我们需要意识到“非虚构”写作的开放性与现实的复杂性之间的同构关系。卓越的“非虚构”写作之所以引人注目，是因为它们作为一种重要而值得信任的历史记录和社会记忆，能与复杂的历史、现实实现相互证明和相互解释。可以说，可实证的复杂的现实和历史之于“非虚构”而言既是目标，亦是其卓越与否的试金石。更进一步来说，倘若剥离了现实的复杂和未知，便会发现“非虚构”其实不存在本体论意义上的技术问题。正如有的学者在评价对“非虚构”写作起到重要示范和推动作用的《时代周刊》时所评价的那样：

> 《时代周刊》精心策划的新闻报道的传播方式，源于对虚构文学和报道之间关系的理解，以及新闻业绝不能简单直接地去描述事实这一认识。新闻永远是一种近似、一种副本、一种拟像。记者的职责很像是艺术家——或好或坏的艺术家。我们都是把文学和电影艺术的惯例强加于现实之上，也都是把完全不同且常常是混乱的数据转换成一种可接受的有组织序列。[1]

也正如小说所描述的那样，在“我”追寻真相和真实屡屡受挫之后，终于和盘托出隐藏在“非虚构”写作技巧背后的秘密。

> 真实、乏味得不值一提，可是，等等，等一等！我是不是忘了什么？绿皮书啊，就在我脑袋下硌着我的绿皮书，在它最重要的导言部分，麦老师可是专门加黑加粗地解释过“创造性非虚构”！这个词组，其重音与重点，是“创造性”，而不是“非虚构”，也就是说，对一应的原材质，

[1] ［加拿大］罗伯特・弗尔福德：《叙事的胜利：在大众文化时代讲故事》，李磊译，南京大学出版社2020年版，第110页。

可以“选择性”采信和“创造性”运用……

“虚构”终于从“非虚构”的背后浮现出来。事实上，约翰·麦克菲是在书中的最后一篇文章《省略》中提到“创造性非虚构”这个概念的。同时，在讨论“非虚构”的技术问题时，爱伦·坡、海明威、康拉德、奥威尔、哈罗德·布鲁姆等“虚构”领域大师的例子一直贯穿其中。无疑，仅就技术而言，“虚构”一直是支配“非虚构”写作的内在语法。只有在直面可实证的现实和历史，或者说可验证、可见的真相和真实的时候，“非虚构”和“虚构”之间的分野才能比较明显地呈现出来。“虚构”在面临上述问题的质询时，既可以理直气壮地面对，也可以明目张胆地绕道而行，更可以遮遮掩掩、曲径通幽地试探。但对于“非虚构”来说，摆在其面前的只有一条小路，那就是由真实、真相、事实之类词汇不断加以限定的故事。而且在这条路上，它还必须将脱胎于“虚构”的故事、技术等层面的观念披上隐身衣与自己相伴，才能安稳地走下去。反讽的是，“虚构”却可以放弃故事，哪怕只剩下技术，“虚构”也可以心安理得地自我取悦，兴之所至，它甚至可以连技术一起放弃。

在这里并不是要比较“非虚构”与“虚构”孰优孰劣，只有在相对区分之后，才能明白鲁敏何以要“虚构”一个“非虚构”写作未遂的故事。我们不妨把小说中的那个“非虚构”写手视为一个与“虚构”有着亲缘关系的、异化的“梦境收割者”

的形象。如此方能明白，鲁敏其实是在将自己的写作形象、观念中的某个侧面进行了变形以便自我审视。近年“非虚构”写作的兴起与“虚构”文学的颓败，其实各自有着更为深层的具体原因，或者说，它们虽共享社会、历史语境，但并不是互为因果的此消彼长的关系。但舆论还是乐意将它们塑造为对立面。尽管“虚构”背负的有些指控言过其实，但这并不影响一个自觉、成熟的作家以此为契机来反思自己的写作。

主人公本想以“非虚构”宝典为利器来收割人间真相，却发现真相不可得。“非虚构”写作意义衰减的过程（或者说“非虚构”写作逐渐受挫的过程），却构成了“虚构”的叙事动力和主线。“非虚构”和“虚构”以某种奇异的方式产生了对话：在“非虚构”进行的过程中，死者已经离异的父母、继母、闺蜜、前男友、小区保安、医院护工、民警已经各自向主人公展开了纷繁的人间真相种种，但因为与死者自杀原因没有直接关系，它们都被“非虚构”统统放弃，正如前述引文中所提到的那种“‘选择性’采信”“‘创造性’运用”，这未尝不是一种“虚构”意义上的“选择性遗忘”；同时，当这些经验在“虚构”中保留下来时，这一切又像是漫无目的的“非虚构”实录；更进一步说，当“非虚构”利用那些蛛丝马迹开始编织、想象故事时，它已经宣告了自身的无效。只是，当一部虚构作品宣称非虚构无法生产意义时，这部虚构作品本身便成为一个疑问。于是，“虚构”和“非虚构”的相互证伪和拆解，竟成了“虚构”无意义和“非虚构”

无意义之间的握手言和，并共同指向了写作的虚无——“或有故事曾发生”。

无论如何，这都是一个悲伤而荒诞的故事。这悲伤和荒诞不仅仅是因为小说中那不断涌现的挫折和随处可见的不快乐的生活，其实这些挫折和不快乐也折射着故事的真正的主角，即写作（或者说叙事，当然也可以是拟人化的“梦境收割者”）的重重焦虑。它化身为作者鲁敏与她的影子叙事者相互发问、彼此质疑，却最终发现，他们只不过是写作的幻影或叙事的不同面相，对世界无能为力是他们最基本的共同点。就像《梦境收割者》里收入的另外一篇小说《单词斩》，词语不断闪过使用者屏幕，却与他们的日常没有丝毫关联，语言与生活各自为政：生活在泥泞中挣扎，语言在虚无中飘荡。

三

集子中的另外一部小说《有梦乃肥》与《或有故事曾发生》有种奇异的联系，像是关于“虚构”的犹犹豫豫的肯定。甜晓的梦总能在生活中以某种方式得到验证，用小说里的话来说即“一做梦就灵验”。当这个传闻突破私人交际圈时，这个人生处处充满挫败感的公司小职员开始成为众星捧月的焦点。甜晓并不是那种故弄玄虚的人，鲁敏也无意讲述一个怪力乱神的故事。但是，甜晓的梦与周围的人的解读、验证之间的关系，几乎就是“虚构”经由阐释与现实、历史发生关联这种情形的影射或变形。甜晓像是一个讲故事的人，一个作家，一个造梦师，她只讲述自己做的梦；而那些慕名而来的人才是“梦的解析”的诊断者，是读者，是评论家，他们对梦的理解其实是以自己的处境和诉求为导向的，同时，他们的地位、阶层、知识、兴趣都参与了这场将梦的细节和意象还原为现实的阐释活动。关于“虚构”的理解和接受过程亦不过如此。有些反讽的是，当“梦”成为现实的启示时，语言便真的制造出了活生生的现实，这无疑是“虚构”永远无法实现的梦。“虚构”与现实的联系，借用伊格尔顿的话来说：“虚构小说同样包含着一系列的现实，这些现实一旦离开阐述就不复存在。”[1] 简单说来，两者联系只是经由阐释产生的语言和意义上相互指涉。“所有的虚构从根本上说都是自成一体的。……虚构是自我生产的”[2]，剥离了阐释这个中介，它与现实将是老死不相往来的两个世界。

所以，若把“梦”与“虚构”视为有着亲缘关系的语言形式，便不难发现，“梦”在这故事里可能是鲁敏审视“虚构”的镜像。“梦的解析”的功利性实践展现了“虚构”的异化过程。这个故事的上半段，关于甜晓的梦的奇特功效的传闻在同事、朋友之间的小范围传播，像是日常中自然发生的“虚构”及其阅读接

---

[1] ［英］特里·伊格尔顿：《文学事件》，阴志科译，河南大学出版社2012年版，第150页。

[2] 同上，第157页。

受。在这里，只讨论作为日常需要的“虚构”和阅读，而非作为学术研究对象的“虚构”和阅读，后者只是当代神话学，它致力于把一个并不需要多少智识门槛的大众文化精神需求发展为只有少数人有资格阐释的后现代主义宗教。倘若当代生活对“虚构”还有日常意义上的需要，于读者而言，无非是携带自身的经验、知识和趣味投身“虚构”世界。“虚构”仿佛是一个平行世界，在那里可以暂时安放被现实时刻形塑的身心。“虚构”之于“现实”的可能，只是虚拟的逃逸通道，假想的应许之地。至于，人会在多大程度上以何种名目声称或做到把“虚构”的力量转化为现实运行的准则或动力，那已经与“虚构”本身无关。至少在这个时刻,“虚构”还是自在自为的，现实也还不曾向“虚构”索取什么。现实反噬“虚构”的那一刻，“虚构”的异化便开始了。这个故事的后半段，便是“虚构”之死的过程和隐喻。这一切开始于甜晓丧失做梦能力后的胡编乱造：

> ……而今她所复述的、人们所虔诚倾听到的，统统是她“制造”出来的了。
>
> 并且都有了一套极为有效的流程，像一个学生时代的游戏。她在四张纸上，分别写上主语、地点、动作，再写上一个名字，然后随意地组合。主语可能是著名人物、死去的亲戚、一只兔子或者十二岁的自己。地点，可能是月亮、机场、衣柜或地下管道。动作则更随便了，拉屎、亲吻、砸、

吐唾沫。名词呢，她就张目四顾或闭眼沉吟，抽取一应风马牛不相及的玩意，她在纸片上唰唰唰，书记官一样地写：拖鞋、矿泉水、黑猪毛刷、宣纸、二锅头、猫粮、粉饼……

然后她抽签，把四张纸片胡乱地搭配：唐僧和一只黑兔子躲在衣柜里比赛玩魔方……与此同时，甜晓在脑子里生成相应的画面，挺考究地配置一些背景元素。比如，台风天气，梦中人讲徐州方言，设定从头到尾都有收破烂的吆喝声等等。

很显然，这是劣质“虚构”的制造过程，却也从技术和形式的角度揭示了“虚构”的一般性生产过程。所以，这段充满了反讽的描述却也同时提醒了某种常识，作为形式和技术的“虚构”其实是可以随意赋形、赋义的对象。因此，甜晓关于梦境的胡编乱造，与其说是任意而为，倒不如说，她用技术和形式拼贴出了一个空洞的形似“虚构”的骷髅，等着那些欲望、财富、权力、野心按照自身的意愿来填充血肉、皮肤、表情。压垮甜晓和“虚构”的根源正在于此。甜晓接受的人生的最后一个任务，神秘无比：

“不是我，是交待要我来出面的。”女副总吁口气，完成大任务似的，动作走形地拍拍她的肩，飞快地补充，好像连她也感到难以表述，“本来是交待何总亲自过来的，后来考虑到也不能太兴师动众……你不要问我，我不知道那是谁。何总也不知道。下令给何总的人，也不知道。反正吧，是个很——大——很大的人物，你就由着你最大的想象力去想吧。”（横线系笔者所标）

在“大任务”“很大很大的人物”“最大的想象力”三个词语的相互关联中，“想象力”便只剩下脆弱的躯壳，“虚构”在这个意义上成为满足神秘意愿的工具。“虚构”的脆弱性在此可见一斑，问题并不在于其优劣与否，而在于自发性、自主性的轻易丧失。就连想象力都会成为这个社会财富、权力提取、压榨和剥夺的对象，这样的故事不仅事关俗世小人物的人生幻灭感，且在更为深刻的层次上触及了“虚构”如影随形的梦魇。原始部落把不可控的自然力赋形赋义时，便是“虚构”的诞生的时刻。从此以后，那些人力永远无法窥见全貌亦无法掌控的庞然大物在“虚构”的原始形式中习得了这种伪装，所以，在各个历史时期都存在着的不可违抗的“圣言”“圣事”往往都披着“虚构”的外衣。在“虚构”的自在自为、自我指涉与阐释的丰富性之间，意义的天平会天然地向后者倾斜。所以，因地制宜的阐释弹性将保证，“虚构”的神秘性会一直指向“圣言”“圣事”的神圣和权威。所以，不妨把政治/权力、经济/财富、阶层/欲望，所有这些时刻形塑社会和历史的力量视为有着自身强力意志和思维方式的巨型怪兽，或者说，小说里不断提及的“很大很大的人物”就是它们的化身。与其根据它们饕餮之后残留的痕迹、气味抑或是庞大的身躯上抖落的片鳞半爪、皮屑毛发来猜测它们可能的样子或者行动、思维的逻辑，倒不如消极地接受一个事实：它们有自身的提问方式和预设答案，但是它们需要一个“虚构”外衣作为装饰，以便从容、得体地执行它们早就了然于胸的计划。就像小说已然揭示的那样：

> ……“我还以为你也心知肚明呢。这不挺好的吗。大家都简便呐。百分百灵验，外头就专认你的梦，像认准一个独家大品牌。我听说，有些人，从你这儿回去以后，直接就是借着你的名义自个儿另编一个，然后就凭那个，作出决定……”
>
> ……真是坍塌的梦。不，别再拿梦打比方了。她厌恶这个字。这不是她蒙大家又反过来被蒙的问题。这是对她的劳动、对她梦之魔力的戏弄和彻底否定。

庞然大物和风细雨般的暴力携手笑意盈盈的羞辱，自内而外地摧毁了“虚构”。这种看不见的死亡，最终以甜晓自杀这种看得见的死亡凸显出来。

> 成了！她做了一个真正的梦，一个死去的梦。可是，慢着慢着，如果功能照旧，或者说，如果要捍卫她的梦之

功能，那她就得，在明天死去。

终于，造梦师为梦而死，如同梦境收割者为梦境免遭外界侵扰而收割自己。“虚构”的危机化解需要以作家之死为代价，由此，拉开了新一幕“虚构”由新生随时可能走向毁灭的黑色戏剧，这竟是“虚构”与庞然大物不断狭路相逢的历史的隐喻。

四

至少甜晓曾有过依靠“梦”而实现自我决断、自我支配的日子。这样看来，“虚构”有时就像身处绝境的人自我期许的最后的倔强和希望。《球与枪》的故事大概是关于这个论断的确认。因相貌、形体与一个罪犯相似，循规蹈矩的公务员穆良被警方视为嫌疑人。在穆良观看监控影像时，一切都变得意味深长起来。因为这些罪行与穆良并没有任何关系，所以，某种未经觉察的审美距离便被设置于看与被看之间，摄像头、影像也就成了某种形式的“虚构”及其形态，在向观看者（读者）展现另一种生活的可能性。所以也就不难理解，何以穆良与那个被他称之为AB的罪犯的偶然相遇，竟有了“听故事的人总是和讲故事的人相约为伴”[1]的意味。

[1] ［美］汉娜·阿伦特编：《讲故事的人》，《启迪：本雅明文选》，张旭东、王斑译，生活·读书·新知三联书店2014年版，第110页。

很少有人意识到，听者与讲故事的人的淳真自如的关系，在于听者有兴趣保留他所听的故事。心无杂念的听者首要任务是有可能重述所听到的故事。[1]

AB便是那个“讲故事的人”，所以不妨把他“讲述”自身经历的过程，同时理解为穆良以“虚构”为镜像反观自身的过程。于是，他所描述一切，在穆良那里都成了对自己了无生趣的工作和生活的批判和嘲讽。AB的故事就这样成了穆良从现实中逃逸的通道。在穆良向警察“自首”的那一刻，便是彻底占有了AB的故事，像是一场用“虚构”谋杀虚无的行为艺术。这个荒诞而决绝的结尾，与其说是要弃绝于现实和人生，倒不如说是在重申关于“虚构”的朴素意义：作为现实、人生、历史的“镜像”，“虚构”提供了丰富、辽阔的选择和可能，人关于自由和多元的渴求是这一切的源泉。鲁敏多年前的《铁血信鸽》亦是如此。主人公又是一个穆姓的中年男子。不知道鲁敏对这个姓氏的偏好，是否与她对暮气沉沉的生活的敏感有关。妻子循规蹈矩的养生学和养鸽人关于鸽子的功利性、知识性谈论，成为穆先生想象“骄傲而不规则的飞翔”的源头，正如生活的废墟有时会滋生出“虚构”的海市蜃楼。直到有一天，穆先生从阳台上坠下。

---

[1] ［美］汉娜·阿伦特编：《讲故事的人》，《启迪：本雅明文选》，张旭东、王斑译，生活·读书·新知三联书店2014年版，第108页。

如果此时对面公寓里恰好也有个人失眠，而失眠者正呆滞地盯着窗户等待天明，他会意外地看到一小段清晰亦颇为神奇的画面：有个身穿睡衣、微胖的中年男人，如跨越某道鸿沟般跃出人世的阳台，继而往侧上方飞去，他肥大宽阔的肉身，在风中缓慢而沉重地飘动、上升，直至化为一只怪模怪样的灰色大鸟，其情状，超逸尘世，美不胜收。[1]

尽管这是个悲伤的故事，但对于“巨大的沉痛和虚无堵在胸口”的穆先生来说，厌世抑或失足之类的猜测，都是对他关于“激情的飞行”和“漂亮的死亡”的想象和渴求的一种羞辱。因此，穆先生的纵身一跃竟有了如释重负的轻盈感和天地辽阔的奔腾景象。所以，与其说穆先生死于生活的虚无和琐碎，倒不如说，他用死亡完成了一次关于自由和想象力的升华。

这两位穆姓男子的故事其实提醒了一种角度：倘若不把“虚构”理解为某种职业化、专业化的写作行为，便会发现日常生活中的“虚构”行为及其“梦境收割者”形象亦一直是鲁敏的兴趣所在。如果说，前述两篇小说所描述的日常“虚构”行为的发生多少显得有些被动而激烈，那么，鲁敏还有一些小说则涉及日常生活中那些清醒而自觉的“虚构”行为。《在地图上》[2]

[1] 鲁敏:《伴宴》，江苏文艺出版社2011年版。

[2] 鲁敏:《与陌生人说话》，江苏凤凰文艺出版社2017年版。

中那个在固定的运输路线上往返的邮件押运员，通过各种各样的地图去想象不同的地方和迥异的风景，这些自洽的幻想至少片刻隔离了日常中的单调和空虚。《谢伯茂之死》[1] 中的主人公虚构了“谢伯茂”这个名字并不断给他写信，有趣的是，信件的接收地址每次都不一样且还是城市里各处的旧名称，同时信封里装的都是白纸。随意变换的旧址和可能承载任何信息和意义的白纸，这一切都像是对现实的挑衅和调戏。然而“虚构”真的可以抵御虚无吗？我并不认为，鲁敏会简单地认同这种不加限定条件的、肤浅的文学价值观。就像这两个故事其实都终止于现实的轻轻碰触：工友意外坠车，押运员离开了岗位并放弃了地图上的漫游；而虚拟收件人的信件则直接遭遇了一个认真的邮递员……

所以，关于虚构与虚无的关系，鲁敏的态度复杂，但清醒而深刻。在那些较为戏剧性的故事里，“虚构”确实犹如利器，可以立刻洞穿现实表象而直抵虚无的梦魇。在这样的时刻，其实也是对虚无捉弄、吞噬人生过程的展示。这并非“虚构”本身的失败，而是“虚构”被拖入了一种共谋关系，在它以镜像的形式折射真相的时刻，真相借此完成自身力量的炫耀。尽管“虚构”在此时已经表现出其敏锐的捕捉力，但人在这种情境下依然像个被世界任意摆布的玩偶。如果说，戏剧性

[1] 鲁敏:《九种忧伤》，花城出版社2013年版。

的呈现方式需要营造一个相对封闭的整体环境，那么，“梦境收割者”就是那个调度和布局整个舞台从格局到细节的人。从这个角度来看，“梦境收割者”其实是外在于这个故事的。当然，这只是一个观念和技术的问题，并不涉及故事本身的优劣。事实上，鲁敏一直在尝试用不同的方式来试炼“虚构”的力量。在那些表面波澜不惊实则暗流涌动的故事里，鲁敏虚化了自身的写作姿态，从正面强攻变为潜伏偷袭。当鲁敏潜入小说人物体内成为其言行构成的一个部分时，那些日常生活中的“梦境收割者”便出现了，这固然涉及鲁敏关于自身写作形象的反思。但更为重要的是：这些“梦境收割者”是内在于现实的，他们的自发或被激发的“虚构”行为与有限视野中的经验片段之间的缠斗，反而可能激发某种细腻而丰富的氛围。这种审美张力不再表现为某种庞然大物现身时的激烈动荡。虚无乍现狰狞开始饕餮的那一刻固然惊悚；但是虚无隐身，那些在烦冗、琐碎的生活细节中气若游丝地浮动着的气味和呼吸，才真的会传播无穷无尽的绝望和恐惧。《铁血信鸽》里妻子的养生经始终漂浮于穆先生日常生活中，那不是身心愉悦的诉求，而是虚无伺机而动之时压抑、颤动的鼻息。“梦想收割者”在这样的境况中编织着自我取悦、自我拯救的世界，反抗、抵御之类的词语并不足以形容其脆弱外表下的丰富和辽阔。在猝然降临的人世尽头之前，他们一直都在闪闪发光。借用本雅明的话来说：

讲故事者是一个让其生命之灯芯由他的故事的柔和烛光徐徐燃尽的人。[1]

（原名《梦境收割者：在虚构与虚无之间——鲁敏中短篇小说读札》，刊于《当代作家评论》2021年第6期，收入集子时，文字有所改动。）

[1] ［美］汉娜·阿伦特编:《讲故事的人》,《启迪：本雅明文选》，张旭东、王斑译，生活·读书·新知三联书店2014年版，第118页。

悲观主义者的情感教育

一

2020年，记者蒯乐昊出版了她的第一部小说集《时间的仆人》[1]。由于职业关系她写过很多颇有影响的人物特写和文化报道，而她的小说将同样可以证明她是一位出色的叙事高手，因为这些小说与那些属于特稿的人物特写、文化报道虽是不同的文类，却同属于叙事范畴。但是，不能想当然地把她的职业写作行为视为小说的准备。这种思维无非是在宣扬不同的叙事文类存在价值等级，而小说居于叙事文类的金字塔尖。所谓文类尊严，无论如何都掩盖不了这样一个现实：小说在这个时代的形象和影响力边缘而黯淡。不管是从知识补偿、智力训练、审美愉悦等个体精神层面，还是从与社会进程的复杂张力关系上，

[1] 蒯乐昊：《时间的仆人》，上海文艺出版社2020年版。文中未注明出处的引文，均引自此书。

这个时代的小说在整体上并没有表现出高于其他叙事文类的优越性。所以，无需再引用那些为小说辩护的经典言论，因为这些言论都基于小说这个文类最卓越的那个部分，而非指向文类本身。正如，阿Q即便被授权姓赵，他也无法分享赵家人的荣光。所以，从记者到小说家其实只是因为叙事文类差别而实现的身份转变，而非叙事意义上的写作升级，后者只是一个伪命题。或许可以讨论两种叙事实践在同一名写作者那里可能存在的张力关系，然而更为重要的还是《时间的仆人》展现了怎样的小说美学。

这是蒯乐昊的第一部小说集，所以称她为小说新手亦未尝不可。虽说新手与作品质量并没有直接关系，但不妨按照惯例，先看看她写了什么。我们习惯通过对某个作家诸多作品较为全面的阅读，而推导出一个作为总体的叙事者形象，或者说作家形象："正是作家的'第二自我'，才写出了那些诗歌或小说，并通过它们'生活和言说'。"[1] 这个总体想象涉及作家关注的经验范围及其视角、修辞特征、价值倾向，乃至政治立场。大概是因为职业经历带来的见多识广，再加上自身良好的知识储备，蒯乐昊处理的经验类型广阔而复杂。《异物》《白大褂情人》描绘了中产阶层和精英人士道德暧昧的人生倦态和情感状态；《黑水潭》则事关底层劳动者的爱与哀愁。《无花果》《玛丽玛丽》

[1] ［英］海伦·加德纳：《捍卫想象》，李小均译，广西师范大学出版社2019年版，第305页。

在城乡、异域/本土空间转换和历史场景切换中呈现了当代艺术家的生存状态；《开满鲜花的果园》则聚焦女性在生育、职业、情感交织的无形之网中复杂、尖锐、清晰的肉身痛感和精神负荷。如果说《慈云喜舍》是一个在尘世劳碌和宗教感召之间来回摇摆的成长故事；那么《双摆》《平安夜　夜平安》则是关于尘世庸常和震荡的真诚描摹和体察。但是蒯乐昊并不满足于对当代现实种种情境的观察，于是便有了一篇关于“时间”的科幻作品《时间泡泡》。固然不能要求所有的作家都要在写作中扩张经验类型，更不能将其作为衡量作家优秀与否的标准。但是蒯乐昊确实做到对各种经验的从容处理，且这些经验在一部小说集中构成了微妙的张力关系。

二

在这样一个媒介过分发达、信息过于喧嚣的时代，似乎没有什么经验会显得过于陌生。但是所谓“熟悉”也无非是因为几乎所有的信息都被较为肤浅而高调的价值标签进行了分类。接触了某类经验，意味着默认了某种判断和认知。比如，医药代表与医生的关系，一定会被纳入资本与人文主义精神对立的范畴内进行道德拷问，却很少有人去探究构成这种关系的具体的人与情境的复杂性。蒯乐昊偏偏以轻松、欢快而略带反讽的语调讲述了一个医药代表与医生的婚外恋故事。这样的故事很容易被涂上庄严的社会道德色彩，但这并不妨碍它同时可以被形塑为被人津津乐道的情色想象。很多时候，义正词严地反复讲述一个不道德的故事，与以道德追问的名义提取不道德的要素以获得秘而不宣的满足感，并不是那么泾渭分明。经验被社会道德标签类型化之后，在鲜亮的高尚与污秽的恶俗之间存在意义暧昧、模糊的地带。而那些隐秘的趣味和愉悦就混杂在这暧昧和模糊之中。社会道德无疑代表某种强制的秩序感和价值观，而人对禁忌的好奇和冒犯却一直是构成人自我认知、取悦自己的秘密源泉之一。只不过，随着社会道德愈发强大，这种冲动逐渐退缩至更加私密的领域乃至个体的内心世界。这种“轻微的不道德”或者说“私下的不得体”一直在小心翼翼地躲避社会道德的监督。我们一直在假设人的内心藏有一座暗黑的原始森林，却很少去承认这暗黑有时是因为社会道德的光芒过于耀眼而造成的视觉盲区，更是很少承认在森林的复杂生态中既有危险也有生机。所以，《白大褂的情人》以非常真诚的方式直面了这种隐秘的放荡、疯狂及其带来的人生快感。

> 我跟林主任情投意合许久。也不曾动过真格一次。终于，皇天不负苦心人，我们俩的日程表上，像日全食那样出现了罕见的重叠，整整一天的自由时光！我们俩太激动啦，马上订了远郊的豪华酒店，天狗终于要吃月亮了，小行星终于要撞地球了，日，终于要全食了！出门前我手抖

得眉毛画歪了三次，一张老脸没涂胭脂比涂了还要红，简直破处都没有这么慌张。

这种隐秘的欢愉并不是要反抗、挑战公序良俗，它们其实是被单一的道德标签长久压抑的沉默真相：在公序良俗之外，在某些私密、狭小的领域乃至个体的内心世界中，在某些时刻和情境中，那些隐秘的趣味和愉悦未尝不是人实现精神自洽、内在平衡的因素或源泉之一，它们一直在那里，只是大部分时候要么被语言忽略，要么被道德收编。事实上，蒯乐昊并没有回避这段关系中那些可能招致社会批判的部分，但是她更愿意以某种开放的态度去呈现远比道德定性更为充沛的经验形态：那些隐秘的欢愉与公共领域的道德判断共同造就了某些经验的不同面相和内部的复杂构成。小说固然与道德相关，它可以宣扬教诲，也可以指责不伦，但是它同样要维护世间种种经验的复杂性，要保护那些隐秘、微小、边缘的感情、事件、关系免遭政治、经济、道德等宏大而强势的价值体系的压抑或同化，这也是小说的道德诉求中的应有之义。

三

与其说蒯乐昊在讲述故事时刻意回避了道德，倒不如说她展现了种种道德意味如何在经验的复杂形态被描述的过程中“自然”生成。借用伊格尔顿话来说：“文学的道德真实在很大程度上是隐性的。大体上说，道德真理需要展示出来，而不是陈述出来。”[1]“陈述”是以明确的立场作为前提的，虽然“展示”未必不隐含立场，却是一种真诚的邀约态度，它邀请陌生人参与体验、做出判断。正如加德纳所强调的那样：

> 由于想象性文学给了我们人类生活的形象，记录了人类的经验，它不可避免地充满了道德观念和道德情感，强烈地吸引我们的道德忠诚。但是，它对我们的影响，作为道德观念来源和强化，只有在与作者道德意图的明晰性间接相关甚至形成反比，威力往往才最大。尽管回应强大的道德信念道德声音具有很大的乐趣，但最为显著扩大我们对世界和自我知识之人，不是那些“针对我们有明显可感的道德设计”的作家，而是这样一些作家，他们在娱乐我们的同时，吸引我们的好奇，激发我们的同情，将我们带入道德观念多元、要作出道德选择的世界，要我们“乐于参与”想象出的冒险、危机、快乐和痛苦。[2]

当下小说衰败的原因之一正在于过于强烈的道德冲动。把

---

[1] ［英］特里·伊格尔顿：《文学事件》，阴志科译，河南大学出版社2017年版，第73—74页。

[2] ［英］海伦·加德纳：《捍卫想象》，李小均译，广西师范大学出版社2019年版，第64—65页。

“虚构”范畴内的记录、描述和想象简化为发现问题、解决问题的社会方案设计。这种妄想症使得道德立场比经验形态更鲜明，清晰、浮夸而单调。道德压迫不仅可以直接碾碎经验，有时候还会散发出杀气腾腾的戾气。这样的小说类似于那些居心叵测的低级新闻写作，或者那种声名狼藉的纪实写作或报告文学（顺便补充一下，据说，那些誓死捍卫报告文学文体、称谓合法性的作者、学者们现在终于开始用“非虚构”来称呼自己的伟业了）。并不是因为蒯乐昊的职业记者身份，而要在这里重申面对信息持中立态度的新闻职业精神，而是重申关于小说的一些朴素常识：小说一直是这个世界的余数，收留了那些无法被历史叙述、社会分析、经济运行、道德判断等观念/价值体系条理化、明晰化、整合、化约的经验、情感、事件、想象力，它们构成了关于这个世界及其过去与将来的种种镜像。在对这些镜像的凝视中，我们对这个世界的好奇心、参与感和共情能力都在持续不断地绵延和丰富。把小说视为世界的余数，其实是对自我认知局限的谦卑，对世界未知的敬畏。艾柯曾认为：“作者不仅应将现实世界作为写作时的蓝本，同时也应不断介入，告诉读者他们也许不知道的现实世界的林林总总。”[1]很显然，艾柯并不是那种仅仅强调实证范畴内经验丰富性的作家，所以他又补充道：“甚至引导他们（引注：读者）去相信现实世界拥

[1] ［意］安贝托·艾柯：《悠游小说林》，黄寤兰译，广西师范大学出版社2017年版，第144页。

有一些其实根本不存在的东西。”[1] 所谓“不存在”，正是那些无法被实证穷尽的“余数”的辽阔和包容。

在这里有必要提及蒯乐昊的另一篇小说《黑水潭》。在前面介绍她处理经验类型多样时，为了与《白大褂情人》等小说所涉及的社会阶层有所区分，为了找到一个合适的词语来描述在医院做护工的主人公龙爷所处的阶层，我脑海中浮现的词语居然是“底层”，并且非常忐忑地使用了它。很显然，我非常清楚这个词语所描绘的社会分层及其背后的道德框架和政治主张，但我也强烈地感觉到，很多时候我们不假思索地使用或被迫使用某些词语，无非是因为某种强烈而单一的道德指控所造成的同化或压迫。所以，在这里需要解释的是：我无权阻止别人用与“底层”相关的道德设想和政治立场来解读《黑水潭》，也并不会将这种做法视为绝对的谬误。只是，当我脑海中不由自主地想到这个词语，并且发现自己并没有找到合适的替代词语时，我开始意识到这是一种无意识的道德干扰，或者说，我自己的理解思路受到了自己一直质疑的词语及其相关思维的影响。因此，我更愿意将与此相关的讨论视为一次自我反省、自我教育的过程。

简单粗暴的道德判断因智识、技术门槛低而易于模仿和自我标榜，故而流行甚广，如同某些肤浅却诱惑力大、煽动性强

---

[1] ［意］安贝托·艾柯：《悠游小说林》，黄寤兰译，广西师范大学出版社2017年版，第147页。

的政治正确一样，它们会像时尚黑话那般萦绕于很多人的脑海中。它们是覆盖于经验表面的坚硬而油滑的外壳，不仅漠视经验类型中种种具体经验的相对区分或具体经验的内部复杂性，而且阻挡了其他价值判断附着其上的可能。这就好比，粗鄙的语言是事物的包浆，其油腻的外壳其实是对事物本来面目的遮蔽，它阻碍了那些更为新鲜、细腻的语言对事物的肌质和纹理进行细致描摹和重新命名。

文学圈对“底层”的迷恋大概是小说古老的教诲功能在当代扭曲的结果。现如今依然有不少作家和学者痴迷于用五四时期和1980年代的这两个非常态历史时期的文学形象来比附当下，始终妄想以人生、社会、思想导师的形象重新恢复、回归社会中心地位，始终不愿意接受一个现状，即在一个常态的现代社会中文学处于边缘地位是再正常不过的事情。当大家都无法安于边缘地位并思考如何与时代重建对话的时候，道德这种传统功能便成了便捷工具：把个体言行及其困境，渲染成阶层状况，然后再把所谓的阶层境遇与社会结构、制度强行挂钩，由此，一个“深度介入”时代的道德故事就产生了，这远比细察当代经验的复杂性轻松得多。于是，“底层”便成了一个道德黑洞，能够抛进去任何可以点燃道德义愤、换取道德安慰以实现自我崇高的事物，有时甚至是可以引发道德感叹的符号即可，比如，失业或失恋，不需要追问原因，因为一定与压迫和抛弃有关；再比如，家变，一定是命运和制度的共谋；又比如，体力劳动，无须过问能力和机遇，也无须追问市场供求和资源分配，一定是社会分工导致的沦落……

所以，我看到医院护工就想到了悲苦的生活境遇。其中的轻浮之处在于，我并不了解这个职业，却想当然地在职业与生活境遇之间进行关联，并做出了道德反应。在一声空空荡荡的道德叹息之后，我并不会产生进一步了解他们的冲动，因为此刻我已经获得道德满足感。所以，大部分时候，“底层”只是作为异己之物被谈论，或者作为浇自己块垒的功能性饮料。很多人并不在乎其中的经验是否与自己存在着切肤之感的共情、共振，以及那种不可分割的现实关联。倘若，大家都认为自己生活于艰难时世，那么谁又不是底层？文学圈的从业人员大概一直沉浸在无所不能的历史幻象中，所以面对陌生经验，总是迫不及待地进行命名并打上道德烙印，然后带着与时代“深度沟通”后的满足感绝尘而去。无疑，“底层”只是文学圈诸多做好事一定要留下大名的事例中的一例。《黑水潭》或许是一剂解药，至少对我来说便是如此。

> 黑水潭公园在城市的西面，围着黑水潭有几家大医院。一家胸科，一家脑科，一家肿瘤，外加一个全科的人民医院，这奠定了黑水潭周边的生态：快餐店、寿衣行、廉价小旅馆、鲜花水果档……公园不收门票，有个卖金鱼的天天来，一天也卖不出几条鱼。街面上，一天24小时里头，

16个小时交通拥堵。

公园的西北角，常年聚集着一帮老头老太……黑水潭公园大名鼎鼎，本地人都知道，这里是老头老太太吊膀子的地方。

……

龙大爷得天独厚，他上班就在对面的肿瘤医院。……没事的时候，就来公园坐着。这儿都是熟脸，要是有了新来的老太太，他第一眼准能发现。

这是《黑水潭》的开头。很多城市都会有相似的格局和场景。医院、餐馆、商店、公园等为数不多的几个场所足够容纳一个人一生中的大部分经历。或者说，大部分的日常经验都在有限的几个空间里交流、汇聚，而“生态”“交通”这样的词语在以最为直白的意义传达经验的关联性。只不过很多时候，我们意识不到自己的大部分精力和时间消耗于这样的场景中。但现在，我们至少看到了医院护工龙爷如何穿梭其中，参与、见证了诸多人生风景。他在工作时遇见各种疾病、衰老、死亡及其相关人事，于闲暇时在公园溜达，旁观他人悲喜、编织自己的爱与哀愁。情欲与死亡构成了龙爷日常的边界，庞杂的经验铺陈其间，道德光谱的种种色彩便在这些经验的关联中显现出来。所以，不妨把龙爷的生活史理解为各个阶层、不同处境的人的人生经历彼此冲突、映照、交汇的场所。

龙爷的情欲之所以显得那么鲜活、健康，其实是医院里那些病痛、衰老的生命反衬的结果，那是强烈求生欲的表现和需要重新确认的现实存在感。在道德的暧昧性之中，我们才能看清，龙爷和公园里其他大爷们稍显粗俗的言行其实是生命力在衰竭之前最后的挣扎。龙爷与傅教授的雇佣关系，按照目前流行的看法，大概会被解释为阶层分野并被标注相应道德标签。然而龙爷依然希望傅教授“永远生猛下去”，是因为他看到了傅教授放荡的举止掩藏着生存意志的有心无力。言行猥琐的道德直观以极其反讽的方式提醒着不可避免的肉体消亡。这其实也是同病相怜之人的惺惺相惜，它表现为衰老肉身的两种面相的对话和交流，它们以鲜明的反差撞击出情感的漩涡，模糊了道德焦点，巨大的悲凉感升腾而出。面对真诚而持久的道德、情感共振，若一味强调阶层分野和道德沟壑，是不是某种民粹主义式的道德洁癖？我无意掩盖个体生存境遇的差别，只是在疑惑，提前预设阶层和道德的对应关系，与体察现实世界经验复杂性与道德多元性的张力关系相比，哪个更像是继续撕裂社会的帮凶呢？

龙爷的年纪接近暮年，而他的工作是照顾那些逼近人生终点的人，所以诸多围绕着龙爷的经验被呈现时都会带有回顾的性质，而回顾不仅使得经验展现某种连续性，且会无意中显露社会历史的纵深感。相对于经验片段可能激起的尖锐的道德反应，这种连续性可能更有利于复杂的道德意味的“自然”生长。

比如，龙爷那五十多岁的女朋友为了顺利通过驾校考试而主动与教练发生关系。这是个很容易激起道德义愤的片段。但是不妨先把这个片段安置于余姐的经历中。百货公司营业员、建材商铺老板娘、家庭主妇、独自抚养孩子的离婚女人、超市收银员等身份代表着余姐的每个人生节点，所以，余姐的阶层流动和心态变化既有家庭变故的痕迹，也有社会进程的塑造作用。当余姐在事后觉得——“薅着教练槽头肉上的发碴子，她竟有报复的快感”——时，这就不再仅仅是一个可以从社会层面去分析的道德事件，因为这对余姐本人而言，它还涉及自我确认的内心满足，即一个女人如何通过非常规手段去估算自己的人生余额和价值。当社会关系、生存压力和自我认知等因素叠加在一起时，急切的道德判断将是最伪善的态度。

四

事实上，在这部小说集里蒯乐昊写过很多容易引起道德指责的女性，除了《黑水潭》里的余姐和《白大褂情人》中的医药代表，还有《玛丽玛丽》中在夜总会上班的两姐妹，《慈云喜舍》中与有夫之妇剪不断理还乱的阿晏，《双摆》中林红与情夫的孩子通过领养手续被带进情夫家庭，更不用说《开满鲜花的果园》里那些被各种问题重重包围的女人。蒯乐昊并不像某些激进的女权主义者那样，迫切地要为她们的一切行为寻求辩护，而是一直在道德的暧昧性中来描述她们的处境。这并不是要去道德化，而是要阻止那些简单、粗暴的道德干预。因为，不管是作为清醒的女性主义者，还是敏锐的现实主义者，蒯乐昊都不会让经验成为道德的标本。

> “把裤子脱了。”
>
> “两腿分开，抬高一点。”

在《开满鲜花的果园》的开头，蒯乐昊以简单、直接的方式呈现了女性进行妇科检查时的场景。面对女性的这种坦然、自然的描述，何以我会产生羞耻感？或者说，我为何会认为女性会在这样的场景中感到羞耻？很显然，以男性视角为主导的社会凝视把女性的日常经验道德化了。甚至可以说，这种羞耻感其实与男性视角的情色想象相关，却成为社会凝视施加于女性的道德负担。在这里我并不是重提某些常识或者说去论证某些理论，比如男性的情色想象是女性道德原罪的根源之一，是社会凝视中无意识的构成部分。而是试图强调，当某些常识或理论被提起时，它们本身并非仅仅指向对象从而凸显使用者本身的道德或学识境界，首先应该是使用者的自我审视。如果不是因为有男性体检场景与前述产生对比，我想我可能意识不到这个问题。这个男性体检场景因为其扭捏、窘迫而呈现了某种轻松的喜剧色彩——“天稚心想，自己的男人还真是脸皮薄啊。”

很显然，这里既没有女性对男性的道德判断，更不存在社会凝视的压迫感。医学/科学环境下的身体暴露，竟在不同的性别之间产生巨大反差的道德意味。女性的日常经验动辄被道德化的困境在此可见一斑。正如小说中的一个细节：

> 卧床无聊，看药物说明书解闷。中医术语古雅而语焉不详，“主治：恶露不洁”，女体排出的一切都被视为不洁。天稚想，恶露，仅从字面上来对偶，轻而易举就能对出下联：祸水。

然而蒯乐昊并没有因此在叙述中做出激烈的情绪反应，她继续以开头那种直白的方式描述经验。她以女性生育为焦点，让四个性格、经历各不相同的女人产生了交集。事实上蒯乐昊一直在用她惯常的那种轻快略带反讽的语调讲述这些故事。她既没有刻意渲染性别困境，也无意进行道德纠错。诸多经验于她而言是“自然”本身。相对于强化经验的性别标签，一个开放性的故事形态有时更利于经验的交流。尽管这篇小说有很多有趣的视角，比如女性情谊、灵异的梦等，但我更愿意讨论这篇小说之于男性的“教育”作用。正是因为蒯乐昊并没有道德训诫的企图，她的“自然”才会在我这里成为性别差异，我想，这种差异会促使包括我在内的那些自以为了解女性实则存在诸多隔膜的男性进行某种情感、道德层面的自我教育。所以，尽管我对中国当下女性主义及其写作实践了解有限，但我依然会将《开满鲜花的果园》视为近年最优秀的女性主义文学作品。

在故事的进程中，那些围绕着女性生育、健康的词语频繁地涌现：输卵管造影、多囊卵巢综合征、HCG 人绒毛膜促性腺激素、孕酮指数、X 连锁隐性遗传、孕吐、流产手术、宫外孕、黄体酮、先兆性流产、保胎、双顶径、输卵管、盆底肌、穿刺、备皮、一指半、三指、催产素、剖宫产、Bikini Cut、无痛分娩、产后抑郁、泵奶、妊娠纹……这些词语对包括我在内的很多男性都是陌生的，即便那些见证过生育的男性也未必能意识到这些词语之于女性身体意味着什么。坦率地说，在另外一些场合遇到这些词语时，比如科普文章、词条等，我只是将其视为与女性相关的生理知识，仅此而已。但是当我在这个故事里重新与它们相遇时，我意识到它们可能还是身体感觉乃至精神状态的另一种表达。需要强调的是，蒯乐昊无意传播知识，她只是在讲述经验，而这些知识恰恰构成了经验不可分割的一部分。所以，对一个在相关问题上缺乏基本认知的男性来说，这些知识与身体经验的相遇，其实是知识被具体经验演绎、形象化的过程。被丰富的经验充盈着的知识，类似于审美意义上的陌生化，唤醒的是共情意义上的刺痛感。这种刺痛感不仅与身体感觉相关，而且与道德、情感相关。所以，就我个人体验到的“教育”过程而言，这种与知识相关的经验精确性所带来的切肤的痛感和直观的现场感，可以清空、悬置任何预设的道德意味，然后那些更为复杂、多元的道德意味将在这种类似于净化后的空间里缓缓地生长，其中就有关于道德预设的愧疚和对那些无意识思维成见的反省。

无疑，在蒯乐昊的描述与我作为男性所感受的道德召唤、情感共振之间，经验的精确性是一个很重要的中介因素。所以，无论蒯乐昊自己如何考量，这里依然存在小说技艺层面上的知识与经验的关系。知识，确切地说生理知识，在这个意义上构成了经验精确性的重要因素。相对于那些长期覆盖于身体之上的人文社会科学层面的情感、理论、道德、立场，以科学、客观为名的生理知识最大限度地将身体恢复为透明的、可以被客观解释、认知的生物性肉体。当肉身开始说话、行动、交往，各种意义便开始了竞争、命名、覆盖。从这个角度来看，在蒯乐昊关于女性经验的讲述中，知识完成了将身体祛魅并重新召唤意义的双向过程。生育本身其实是最具有原始性、生物性意味的行为。当这些女性的人生经历、职业选择和情感问题围绕着生育逐渐展开时，其实便是种种意义覆盖于女性身体的过程。这个过程其实也是读者参与其中并反思自身的过程。况且蒯乐昊描述的经验足够丰富，这些各不相同的女性经历所汇聚成的经验洪流本身就有可能让一些道德预设左右碰壁。比如，那个选择独自养育孩子却又时不时好奇孩子父亲是谁的小河。倘若把她的选择视为独立女性的行为，则这种褒扬难免会有男权思想作祟的嫌疑；但如果指责那些男性，则又会涉及小河的私人选择及其牵扯出的道德是非。说到底，女性如何处置自己的身体难道一定与道德相关吗？或许，蒯乐昊就是想讲述那些拒绝道德介入或者说让道德无所适从的故事，当然，这并不意味着我们不能从中映照出自己的道德样貌。

所以，与其说蒯乐昊要回避道德，倒不如说，那些多元、复杂的道德关切的发生需要一个最大的道德前提，即在纷繁缭乱的现实面前，如何趋近真实的丰富面相。否则，哪怕再不堪、绝望的经验都不该被扭曲为某些急切的道德观念的附庸材料，这是清醒而敏锐的现实主义者为自己及那些深陷时代和个人生活沼泽的人们所维护的尊严底线。所以，蒯乐昊从不在故事里做出展望、许诺、希冀之类的暗示，哪怕在这个布满痛感和重荷的女性故事中。这些超出了小说家职责和能力的范围，同时，也是小说最大的不道德。鲁迅之后，所有的"曲笔"都是塑料花。但是，蒯乐昊还是会带着自己和小说里那些鲜活的挣扎者从尘世里逃离片刻，如同刻意买醉，这是一个清醒的现实主义者的悲观主义底色。所以，我们常能看到那些直面艰难时世的故事结尾，总是升腾起一种梦幻的氛围。在这个故事的结尾，四个经历过生育并背负着肉体创伤和精神重荷的女人终于醉倒在一艘游轮上：

她们面前是黑色的大海，海面上一无所有。只有到露台上探头往下，才能看到船舷侧畔劈开一道雪白的海浪，哗哗声如同大力的叹息。在高山歌唱，千峰万壑都会给你应和，而在大海的腹地发出任何人声，瞬间被消音。她们说出的话，一离开她们的嘴唇，就被风吹走了。船身在叹息声中微微起伏，正是最原始的摇篮。

这分明是重返子宫的意象和幻景，黑暗之中，仿佛一切都未曾或尚未发生。这种巨大的安全感其实危机四伏，要么在黑暗中永远沉睡，要么终将被血淋淋地抛出子宫，冲破黑暗便是面对人生的惊涛骇浪。虚幻的安慰经不起推敲，除非是清醒地享受幻觉。所以，对清醒而悲观的现实主义者来说，为自己制造幻觉是一种必要，强制自己在缥缈中安顿片刻，也是一种休憩和平衡。

再比如前述《黑水潭》的结尾：

黑夜来得十分突然，好像就是一分钟的事情。一分钟之前的光线被吸进黑洞，然而无数的星星漂浮了起来，忽上忽下。爷俩被四周景象惊骇得作声不得，星星跟长腿的蚊子一样大小，近身在他们侧畔，随风跳舞，轻盈得如同呼吸，被他们的动作和气息拂动，不知道到底是萤火虫还是磷火。夏夜的巫灵和童鬼开始了例行的庆典，静默的喧嚣如同合唱，歌声噬骨，钻进了他们每一个毛孔，为了人世间极度的欢乐。

星空、荧光、静谧、微风营造了墓地夜晚的生机，在死亡面前，世间的一切都像是人生极乐。死生契阔，众生平等只是幻觉，然而再虚幻的安慰也是安慰，哪怕只是片刻。

五

然而清醒而悲观的现实主义者的悖论正在于，当她开始想象未来人类的处境时，现实世界的阴影依然如影随形。虽说科幻小说难免有现实的投射，只是蒯乐昊的现实感太强烈了。这从故事里的一个细节设定就能看出来，即“日常生活的科技水平，人们选择了退步，各国统一调整回2019年5月”。背景则是科技发明及其应用的迅猛发展，导致了一系列不可控的社会问题。于是，国家重新垄断了一切科技发明及其应用。虽说科技并非决定一切，但“日常的科技水平”是社会形态和社会关系的重要构成因素。所以，当“2019年5月”这样的设定出现的时候，便表明这个故事发生在多久以后的未来其实不重要，更不用好奇会有什么样的社会关系和政治制度会被设计出来。所以，在《时间泡泡》中，蒯乐昊将以科幻的名义再次扎入现实中某个习焉不察的隐忧。

蒯乐昊关于“时间泡泡”的理论假设瑰丽、迷人。洞悉了“时间泡泡”的秘密便可以把“个体时间”从那种线性的、不可逆的、共有的物理时间中剥离出来。这种理论之于个体而言便是，个体将更加丰富地体验自身与周遭世界的关系，它的发生机制是“个体时间”的增容和延长，而又不会向外在的、统一的、恒定的物理时间显现。表面上看，这是一个可以用心理学解释的问题。但是问题恰恰在于，“个体时间”像是某种可以被提取、转移的物质：

> 为了便于理解，我们把时间视为一种物质，那么我们可以这样描述：不同的个体在不同阶段下，时间的“质量”和“密度”都不相同。

于是便出现了技术垄断的产物“时间罐头”：

> 为了秘密制造时间罐头，政府鼓励穷人们出卖他们的时间，他们开出了很好的收购价格，人们趋之若鹜。但这种时间萃取技术到底是怎么实现的却始终是个谜。表面上穷人们的寿命并没有因此缩短，可他们每一天里的有效时间却暗中消失了。富有之人优哉游哉，长日如小年，贫寒之人忙忙碌碌，弹指一挥间。

“长日如小年”，意味着信息、体验、记忆、感知、思考的丰富、辽阔和深刻。而“忙忙碌碌，弹指一挥间”则意味着个体对自我和周遭世界感知的迟钝、混乱乃至无感。所以，在一个“把科技关进笼子”的时代，把科技关进了谁的笼子，固然是一个尖锐的社会问题。但是更令人担忧的是，“时间”被剥夺所导致的“人”的消逝。在未遭干预和操控的前提下，未尝不可以把“时间的质量和密度”理解为个体差异性，是不同个体关于自我、世界及其相互关系的认知区别，是一个个体异于另一个个体的“自然状态”，最终指向的是在世界多元性和经验多样性中个体的自由和选择。而当这一切可以被操控甚至被抹除时，关于“时间”的科学问题，也就变成了关于“人”的最重要的政治和道德问题。蒯乐昊在现实中体察到的那种无处不在的规训在此体现出来。

由此反观，朱诺一心想从古文物上萃取时间以对抗被垄断的秘密技术，与其说这是一个科学疯子的偏执，倒不如说这是一个清醒的人文主义者最基本的坚持，她所要维护的是，以个体记忆、经验、思考为基础的对世界勘探和自我确认的权利。正如加拿大著名的物理学家厄休拉·M. 富兰克林所反思的那样：“或许技术的真实世界最需要的是怀有人性的公民吧，像开普勒或牛顿那样研究宇宙，但清楚知道自己无法管理宇宙。”[1] 相比之下，疯狂的科学家朱诺说过一句更有诗意的话：

---

[1] ［加拿大］厄休拉·M. 富兰克林：《技术的真相》，田奥译，南京大学出版社2019年版，第128页。

这世上再也没有比星空更好的宗教了。

在有限的已知和当下与浩渺的未知和未来之间形成恒久吸引力的，是漫长的时间里或无数个时间泡泡中绵延不绝的人类好奇心、想象力和探索实践，它们最初都来自一个小小的支点，就像小说里说的那样：“人渺小如恒河沙粒，必须抓住一点东西才能确认自身的存在。”这来自程墨与朱诺一起仰望球幕上的星空影像时所产生的敬畏感，那一刻，程墨抓住了朱诺，“那一点东西”或者说小小的支点也是具体的人不可剥夺的此时此刻。

程墨是博物馆的研究员，他的工作其实就是拯救那些消失于时间里的记忆和经验，正如朱诺的工作未尝不是开发那些隐藏于时间之中未知的经验和记忆。所以，程墨在祖父的帮助下破解青铜器铭文，还原了一个远古时期神秘消失的女巫经历的那一刻，仿佛是时间的秘密之门突然敞开却又瞬间闭合的时刻：几千年前女巫“留乃遁去”之谜，仿佛是她如引力波那样穿越了时间维度化身如今的疯狂科学家朱诺，而朱诺后来也“不见了”。

所以说，蒯乐昊最后还是没忍住用一场虚妄的爱情暂时转移了关于日益逼近的现实危机的焦虑，正如梦幻般的场景再次出现在故事的结尾……

泡泡只能飞一小会儿，就无声地破碎了，消失在夜空里，往上看是博物馆的穹顶，再往上就是满天星斗，永恒得好像一个瞬间。你说得真对啊，再没有比星空更好的宗教了。

（原名《悲观主义者的情感教育——蒯乐昊小说集〈时间的仆人〉读札》，刊于《上海文学》2021年第5期，收入集子时，文字有所改动。）

三个美学时刻

一

1991年，毕飞宇的中篇小说《孤岛》在《花城》发表，这是他的处女作。这个由权谋、情欲、暴力交织而成的权力更迭的故事，在情节反转之前，更像是中国王朝统治及其更替历史的重新叙述。只是晚近的两次权力更迭改变了故事的走向及其意蕴——外来者依靠秘而不宣的武器/科技实现了掌权。如果再考虑到这个故事发生的时空是某种孤悬海外的封闭状态，如同晚清在世界体系中的位置和形象；那么，这个故事便成了关于中国近代史基本变局的隐喻。当毕飞宇在结尾处写到“科学的最初意义变成了一种新宗教，它顺利地完成了又一次权力演变”[1]时，我们便知故事远没有结束。当科技及其相关的器物和

[1] 毕飞宇:《孤岛》,《花城》1991年第1期。

制度被神秘化、被垄断时，即将发生的历史依然如同迷雾中的孤岛。毕飞宇重新想象历史的野心在此可见一斑。

从这个角度来看，《孤岛》无疑是先锋的，彼时的毕飞宇无疑也是先锋的，用毕飞宇自己的话来说："一九九一年，中国的文学依然先锋，而我也在先锋。"[1] 确实，从《孤岛》发表到1995年前后，毕飞宇写下了大量的先锋文学作品。这是毕飞宇的先锋写作时期。但是，毕飞宇自我定位的先锋并非仅仅是1980年代中后期先锋文学的自然延续。于是，如何理解毕飞宇的"先锋"便成了一个问题。

曾有一些文献将毕飞宇这代作家命名为"晚生代"，这其实暗含某种暧昧的判断：他们是迟到者，是站在先锋文学名人堂大门之外焦灼等待的人，他们的起点天然地位于经典序列之外。面对刚刚消失的文学史的黄金时代，他们永远无法分享先锋文学的历史荣耀。至于他们的写作是否已经足够卓越、足够先锋，成为退而求之次的问题。这批作家以两个人为代表：南方的毕飞宇和北方的李洱。

类似的判断同样隐含在一些影响力巨大的文学史著作中。陈思和的《中国当代文学史教程》和洪子诚的《中国当代文学史》均出版于1999年，这两本文学史教材中的诸多判断构成了认知当代文学的基本常识，有些常识至今未被重新辨析。他们在提

---

[1] 毕飞宇：《写满字的空间》，人民文学出版社2015年版，第98页。

及“先锋文学”时，均指向了1980年代中后期的一批作家作品，前者罗列了马原、洪峰、莫言、残雪、格非、孙甘露、苏童、余华、北村[1]这些名字，而后者则指认了马原、洪峰、余华、格非、苏童、孙甘露、叶兆言、残雪、扎西达瓦[2]等人。因为还有更为具体的思潮命名和作品分类，两本文学史都未在狭义的先锋文学范畴内提及王安忆、韩少功等人。所以，若把稍早于先锋文学的“寻根小说”“现代派小说”和稍晚于先锋文学、发端于1980年代末的“新写实小说”“新历史主义”小说，都纳入广泛意义范畴内的“先锋”来谈论，这份名单将会得到进一步扩充。但无论在何种范畴内来谈论，文学史所指认的先锋文学都是前述作家及他们在1980年代中后期的那批具有探索性的作品。这些与先锋文学有关的“常识”，其实是有待商榷的。首先，类似的文学史描述和价值判断并未与历史现场的种种舆论保持必要的审视距离。或者说，从现场批评到历史叙述之间的距离和程序被取消了，导致的后果便是，“先锋文学”在历史现场就被迅速经典化了。其中最主要的原因大约在于，参与先锋文学命名和现场生态建构的那些批评者与后来的历史叙述者其实是同一批人，他们与先锋作家亦是同代人的共谋关系。其次，这些历史描述不约而同地分享了某种进化论思维，宣布先锋文学在1980年代

[1] 参见陈思和:《中国当代文学史教程》，复旦大学出版社1999年版，第291—295页。

[2] 参见洪子诚:《中国当代文学史》，复旦大学出版社1999年版，第335—339页，第345—347页。

末、1990年代初的落幕与终结。比如，陈思和的论断是：

> 等到90年代初，当初被人们看做是先锋的作家们纷纷降低了探索的力度，而采取一种更能为一般读者接受的叙述风格，有的甚至和商业文化结合，这标志了80年代中期以来的先锋文学思潮的终结。[1]

洪子诚则认为：

> 80年代中后期出现的“先锋小说”，作为一种文学潮流，在90年代并没有得到延续。但这不是说90年代形式探索不被继续。“先锋小说”以及一些先锋“诗人”对“叙事”和语言的自觉意识的强调，基本上已作为文学的“常识”被接受，融会在普遍的创作追求之中。……只不过，他们在文学界受到的关注，远不如80年代先锋实验那样强烈。[2]

尽管类似的判断并没有完全否定先锋文学的延续，但是他们对于延续性犹豫的描述和低调的评价，反而凸显了断裂性的历史叙述。这其实是进一步强化、巩固了被迅速经典化的“先锋文学”的历史高峰地位，“先锋文学”的封神榜就此完全闭合。

---

[1] 陈思和：《中国当代文学史教程》，复旦大学出版社1999年版，第294页。

[2] 洪子诚：《中国当代文学史》，复旦大学出版社1999年版，第389—390页。

同时，这也意味着将“先锋文学”固化为历史现象和历史概念。或者说，这样的判断使得“先锋文学”成了只可凭吊和瞻仰的历史遗迹、纪念碑和神话，而非可以重新激活的历史资源。因为，作为动力的先锋精神，或者先锋文学的政治性在类似表述中被净化了。这个问题将在后文得到具体讨论。

重新审视这样的常识，是为了更好地理解毕飞宇这代作家的出场方式及其意义。先锋文学兴起之时，正是毕飞宇读大学（扬州师范学院，1983—1987年）的时候，巧合的是李洱此时亦在读大学（华东师范大学,1984—1987年）。从这个意义上来说，毕飞宇们在文学训练期确实受过先锋文学的深刻影响，这一点也能从他们的一些自述中得到确认。重新审视这些问题时，不妨将“影响的焦虑”具体化而非模糊描述。毕飞宇曾如此表述过他受到的影响：

> 这个时候（笔者注：大学时期）主要是读西方小说了。[1]
>
> ……
>
> 到了大三，已经拐到哲学那里去了，我是大三开始阅读康德和黑格尔的。[2]
>
> ……
>
> 我只能说，在西方现代主义的汉化过程中，我选择了

[1] 毕飞宇、张莉：《小说生活》，人民文学出版社2015年版，第33页。

[2] 同上，第35页。

他们。我必须承认，我研读过马原，在我的内心，我至今把马原当作我的老师……[1]

……

我还做了一个工作，把海明威的东西拿过来，夜里没事干的时候，拿一张纸、一支笔，把他的小说整篇整篇地往下捋。[2]

……

有一天夜里我用很长的时间把《乞力马扎罗的雪》拆解开来的时候，内心非常激动。[3]

毕飞宇用“西方现代主义的汉化”来形容他的师承和影响，并简略提及他的阅读。这是在提醒我们应该重新审视先锋文学历史意义的具体所指。重新审视意味着必须对“常识”及其携带的价值判断所造就的惯性思维保持距离。坦率地说，如今重读这批先锋文学的经典文本，很难想象它们能够对当下的写作构成有效借鉴。即便是把这批先锋文学经典文本与毕飞宇“孤岛”时期的写作相比，也很难看出它们可以在文本的操作性上对后者构成示范作用。所以，不妨将“先锋文学”首先视为一个历史事件，它作为文学思潮的历史意义比是否成就经典文本这样

[1] 毕飞宇、张莉：《小说生活》，人民文学出版社2015年版，第53页。

[2] 同上，第57页。

[3] 同上，第58页。

的问题重要得多。1980年代中后期的先锋思潮的历史意义正在于，引发了当代文坛对这批作家背后的西方经典序列及其形式和观念的集体性关注。先锋文学背后的西方知识谱系和思想资源，对彼时的当代文学所缺失的多元的现代性文学/思想知识是一次极其重要的补血和造血，它们的一些基本观念在1990年代以后的当代文学发展中被普及成为常识，这无疑在整体上提升了中国作家的视野和当代文学的格局。从这个角度来看，所谓晚生的作家们其实在写作起点上是高于先锋作家的，至少在技术和观念上如此。因此，与其过度阐释这批先锋文本的经典性，倒不如强调对它们对西方经典及其相关的观念、技术、形式的推广和普及作用。这才是毕飞宇所说的"西方现代主义的汉化"的深层意味，这才是抵达毕飞宇这代作家"影响的焦虑"的正确途径。在前述引文中，洪子诚也曾提及先锋文学作为"常识"在1990年代普及。但是他将中介和桥梁指认为源头，其实是种误读。类似的误读造就先锋文学的神话地位，以及一个永远无法回归的黄金时代。

那么问题来了：面对一个已经宣布终结的神话，毕飞宇自我指认的"先锋"到底意味着什么。答案是，先锋精神及其造就的叙事，或者说是先锋的及物能力及其塑造的建构性形态。

为了论证这个结论，还得从误读开始。前述的误读固然强调了先锋文学在语言、叙述、观念等方面的开创作用，但是这一切却被归结为技术问题。例如，洪子诚认为："'先锋小说'

总体上以形式和叙述技巧为主要目的的倾向……”[1]类似的观点在陈思和那里也得到反映，他认为先锋小说在“叙事革命、语言实验、生存状态三个层面同时进行”[2]。当这些论断作为常识被不断被传播时，先锋文学的政治性或者先锋精神就从其发生的语境中被净化了。

1980年代在当下的历史叙述中被描述为开放、理想的历史形象。然而与此后的历史时段相比，它依然是个国家进程、社会生活都带有浓厚的意识形态色彩或者说非常政治化的历史时段。具体到生长于此的文学，则可以说，在1980年代，技术问题其实就是意识形态问题，或者说，技术问题就是文学领域最大的政治问题。不承认这个前提，则很难解释先锋文学何以会短时间内造成如此深远的美学震荡。彼时的先锋精神表现为技术问题，但并不意味着此后的历史叙述可以将前者净化，并制造出文学自觉、自律的历史幻觉。在历史语境更迭后的1990年代，在一个社会、历史进程相对正常化的年代里，先锋文学开始暴露自身的尴尬，先锋文学无法证明自身。隐含于技术之中的先锋文学的政治性或者说先锋精神，是彼时的历史语境映照的结果。在技术成为常识的新的历史语境中，它无法现身。更何况它还在历史叙述中被净化了。也正是因为技术问题成为常识，那些被奉为经典的先锋文本的典范性开始迅速失效。换句

[1] 洪子诚:《中国当代文学史》，复旦大学出版社1999年版，第339页。

[2] 陈思和:《中国当代文学史教程》，复旦大学出版社1999年版，第291页。

话说，在原有的历史语境中，技术本身就代表着历史进步性，而在新的语境中，技术需要通过叙事形态来证明其具有描述经验的能力，或者说及物的建构能力。而那些文本提供不了这样的证明。当先锋文学无法证明、维持自身合法性、神圣性时候，唯一的出路只能是依靠历史叙述被供养在封闭的神殿中。

历史的戏剧性正在于：当1980年代的先锋文学被送进神殿之后，另外一批作家作品创作了形神兼备、名实相副、真正意义上的先锋小说。在此仅以长篇小说为例，简单列举一下：潘军的《日晕》(1989)、吕新的《呼吸》(1993)、北村的《施洗的河》(1993)、林白的《一个人的战争》(1994)、陈染的《私人生活》(1996)、东西的《耳光响亮》(1997)、阎连科的《日光流年》(1998)、棉棉的《糖》(2000)、李洱的《花腔》(2001)、邱华栋的《正午的供词》(2001)等。

这批作品最为直观的贡献在于，它们把观念创新、形式变革熟练地运用于长篇小说的写作，而且大胆试炼了这些形式在处理更为复杂的叙事内容时的有效性和可能性。在这些作品中，我们不仅看到形式变革为处理复杂经验所带来的从容，而且看到隐秘的历史态度、复杂的现实情感、斑驳的社会景观以及关于自我的深刻认知等层面所交织的复杂、紧张的张力关系。简单说来，这些作品都具有高度的整体性和强大的说服力，是建构性的文本。正是它们将先锋呈现为某种显性的精神状态：对现存事物、秩序的保持持续的敏感和质疑，同时又具有在整体上重述世界的能力，始终以某种未完成性与过去、未来形成对话关系。但是，这批可视为经典的长篇小说在传播的过程中，遭遇了如新历史主义、女性主义、私语写作与美女作家、魔幻现实主义、后殖民主义，甚至是新写实小说等更为精细、专业的概念、理论、命名的界定。表面上，它们获得了更为细致、丰富的阐释，其实是以知识的名义肢解了前述提及的那种浑然一体的、朴素且本可以继续推进的先锋精神。

值得注意的是，越来越多的知识、概念、理论对这批作家作品进行迫不及待的分类和命名，其实就是一场处心积虑的历史叙述阴谋。命名即为区分，分类可以制造繁荣和多元，精细的分类和阐释把刻意制造的名实分裂掩盖起来。“先锋文学”独一无二的命名权和神圣不可侵犯的尊崇地位由此得到巩固。这是一种价值等级序列，一方面，它划定了“先锋文学”与上述作家作品之间不可逾越的等级关系；另一方面，却又通过关于历史延续性遮遮掩掩的谈论，把“先锋文学”塑造成所谓多元繁盛的文学格局的神圣起源。

由此，这些起点颇高的晚生作家通过卓越的写作让自己陷入一种怪圈。他们将“先锋文学”的空想、空壳赋形赋义，却成为反证前者伟大荣耀的附属品。他们用自己的写作擦掉了先锋文学神殿大门上的斑斑锈迹，却被门上的反光投射成匍匐在地上的影子。他们谦逊地自陈与“先锋文学”的师承关系，其实是关于文学可能性的野心和抱负，却被历史叙述利用，一段自然发生的历史被制造出来，即被“先锋文学”哺育、滋养的下一代。其实是他们通过卓越的写作反哺了“先锋文学”的历史荣耀。这批作家作品成为历史叙述的燃料，在熊熊燃烧的人工圣火的环绕下，关于“先锋文学”的历史幻觉便显得愈发耀眼、迷幻。

如果考虑到这些历史叙述最初源于当年奋力提倡“重写文学史”的那代人，这多少会显得有些反讽。好在还有一些人记得“重写文学史”并不只是一锤定音的历史事件，而是一种持续不断的历史建构行为。一些被颠倒或者被掩盖的真相终究会向世界敞开。

毕飞宇的自我指认和定位的“先锋”正是要在前述1990年代的文学景观中来理解。这些关于常识的重新辨析和思潮的重新梳理，并不是为了将毕飞宇1990年代初期的那些少作送进经典序列，而是为了激活毕飞宇的先锋写作的历史语境。这种做法旨在说明，1990年代时，一批晚生的作家将“先锋文学”那种抽象的反动和悬空的技术落实为复杂的叙事形态和具体可感、凌厉激荡的精神形象。尽管此时毕飞宇的写作与前述罗列的那些长篇小说还存在些许差距，但是作为这个晚生作家群体中的一员，他从一开始就意识到，先锋问题终究是叙事问题，是“叙”与“事”的浑然一体，即如何叙述怎样的故事。

这个时期的毕飞宇恰好写过一篇小说，名字就叫《叙事》（1994）。父亲对自己的身世讳莫如深，传言他是奶奶在抗战时被日本军官长期霸占的结果。家族史的重建是不伦情欲故事的发现，是屈辱的历史中强权对肉身的征服。现实中，“我”对妻子腹中胎儿的疑惑，亦是因为妻子与外籍老板的暧昧关系，这是个商业时代资本与情欲相互成全的故事。而“我”又降临于父亲被划为“右派”下放乡村的时候。于是，“我”既不能确定自己的出生，也不能确认自己的后代，正如，一段不清楚起源又看不清未来的现实。肉身的困顿，也就成了现实困境的隐喻。在这样的现实中，历史可以肆意变化表情以处置无处安放的肉身。所以，“我”在血缘关系真相上的焦虑，其实正是毕飞宇在如何叙述历史上的焦虑。他试图在血缘关系真相的探寻中重建历史的连续性，肉身要凭借这种连续性来确认自己的身份和处境。这无疑是种宏大关切。这种探索用毕飞宇自己的话来说，就是“满脑子‘山河人民’”[1]。这是他谈及《孤岛》时说过的一句话，其实也可以用来描述他整个先锋写作时期的主要方向和意图。比如，《楚水》（1994）把中国传统文化置于酷烈的历史语境中进行重新审视。词牌名成为抗战时期小城青楼里妓女的花名，这不免令人想起几百年它们在勾栏瓦肆、亭台楼阁被传唱时的场景。只是历史语境变化之后，所谓传统便成了被打回原形的文化丑角。它们曾被伪饰为高雅文化的构成部分，如今居然成了暴力和兽欲的修辞。在那些更为精致的短篇中，毕飞

[1] 毕飞宇、张莉：《小说生活》，人民文学出版社2015年版，第73页。

宇关于历史叙述的先锋探索依然锐利。《祖宗》（1994）便是一个例子。传言活过百岁的老人如果还有牙，会在死后成精。后代们便上演了拔牙闹剧并导致了老人的死亡。这个用阴郁语调叙述的惨剧，其用意根本不在于批判那种一望而知的愚昧，而在于描绘那种深深的生存恐惧感，因对历史无知而导致的关于未来的恐惧。《枸杞子》（1994）则描述了一场失败，用现代文明照亮乡村生活的企图的巨大挫败。沉入河底的手电筒的微弱光芒，如同文明的微茫。当它被解释为风水显灵的神话时，一切都归于沉寂，历史仿佛从未发生。

毕飞宇关于历史叙述的先锋探索充满了挫败感，这种挫败感在很大程度上来自历史本身的复杂性。这其实在《叙事》中已经体现出来，这部中篇小说反讽之处正在于，毕飞宇在尝试重建历史连续性的同时亦反证了这种企图的落空，正如小说所提醒的那样，历史断裂处的那些关键信息和证据都消失了，“历史就是不肯作这样的简单安排，让我们见面……”[1] 于是，肉身注定要通过一次次放纵和放逐来平息自身的焦虑。

多年以后，毕飞宇把《叙事》宣布为“告别之作……告别先锋实验”[2]。作家在功成名就之后的自我追述往往真假参半，需要仔细辨别。这里固然存在着历史本身的复杂性，因此能否跨越某些障碍和禁忌，往往与才华无关。但是舆论环境对一个

---

[1] 毕飞宇:《叙事》,《收获》1994年第4期。

[2] 同上。

作家的压力亦是重要原因。

> 《叙事》发表以后黄小初对我说："飞宇啊，你生不逢时啊，你要早个五六年写出《叙事》就好了。"[1]

朋友之间的坦诚固然是美德，但是说一个作家"生不逢时"，终究是文学陈见所导致的惯性思维。这便是我在前面反复强调的关于先锋文学及一个时代的无限怀旧和崇拜所导致的思维、观念的盲从和关于现状的盲见和漠视。类似的判断对一个还在探索期的作家所造成压力是可想而知的。多年以后，功成名就的毕飞宇当然可以从容地笑谈"创伤"，把它化作成功叙事起承转合的一部分。只是那些被陈见压垮或直接无视的作家将永远没有机会讲述他们的"创伤"。

说到底，除了因为毕飞宇拥有一颗强大的心脏，在很大程度上也因为他的写作探索从未系于一个维度。比如，在《孤岛》之后，他就发表过一部中篇小说《明天遥遥无期》(1992)。这个发生于抗战时期的家族分崩离析的故事，融合了悬疑、暴力和爱情等类型小说因素，具有很强的可读性。再比如，那部后来被张艺谋改编成电影《摇啊摇，摇到外婆桥》的长篇小说《上海往事》(1994)，讲述的是民国时期上海十里洋场中黑帮的爱

---

[1] 毕飞宇、张莉:《小说生活》，人民文学出版社2015年版，第88页。

恨情仇，无论其语言和细节有多出色，终究只是个精彩的通俗故事。

就在毕飞宇要以《叙事》告别先锋实验的当年，他还发表了一篇中篇小说《雨天的棉花糖》(1994)，它的知名度大概要高于《叙事》。小说事关个体选择、战争创伤、市井生活与社会道德评价之间的撕扯，颇有批判现实主义的色彩。前述提到的那两篇先锋小说《祖宗》《枸杞子》亦是同年发表，其叙述风格也渐趋写实。所以，与其说毕飞宇告别了先锋实验，倒不如说他的先锋探索变换了方向，开始趋近晚近的现实。

在《叙事》发表后的第二年，毕飞宇发表了一部短篇小说《是谁在深夜说话》。倒是不妨把这篇小说视为毕飞宇对自己以往写作探索的阶段性总结。南京城里的古城墙固然承载着历史想象，只是在城市的眼中，它只剩下了秦淮八艳或书生与狐狸精之类的情色想象。无疑是城市的商业主义、实用主义精神塑造了这种文化想象。

> 我顺便问了一句，明代的长城到底什么样？他把手头的过滤嘴扔到搅拌机的水泥里，大声说："修出来看，修出来什么样明代就是什么样。"[1]

[1] 毕飞宇:《是谁在深夜说话》,《人民文学》1995年第6期。

这是个极其反讽的时刻：城市会翻新古城墙表达对历史的尊重，如同情色想象披上“哲学家与妓女”[1]的爱情外衣。只是现实经验的嚣张并未给文化想象留下驻足的空间。

> 后来我对小云说：“嫁给我吧，小云，你知道的，嫁给我吧。”后来小云一把推开了我，坐起来穿衣。“还干什么吧，你？”小云无精打采地说：“你救了我你就了不起啦？”[2]

英雄救美与性爱补偿向来是文化想象的正反两面，后者是前者的目的，前者成为后者的光鲜修辞。很显然，小云并没有解构文化想象的意图。她只是按照现实运行的逻辑，用肉体完成了一次现实利益结算，文化想象无法在她赤裸的身躯上附着。

历史及其文化想象在城墙修葺完成的那一刻愈发显得尴尬和虚无。为了修复城墙，拆掉了那些用城墙砖头建造的老房子。但是在城墙修复完成的时候，砖头却多出来许多：

> 从理论上说，历史恢复了原样怎么也不该有盈余的。历史的遗留盈余固然让历史的完整性变得巍峨阔大，气象森严，但细一想总免不了可疑与可怕，仿佛手臂砍断过后又伸出了一只手，眼睛瞎了之后另外睁开来一双眼睛。我

[1] 毕飞宇：《是谁在深夜里说话》，《人民文学》1995年第6期。

[2] 同上。

望着这些历史遗留的砖头，它们在月光下像一群狐狸，充满了不确定性。[1]

这种明显的论断式文字出现小说中乃至作为结尾，是否合适固然值得商榷。但是更为重要的是，当毕飞宇将他探索的诸多维度置于同一时空进行描述时，他清楚地意识到，现实不仅塑造了文化想象，而且可以拆解文化想象。历史的不确定性，固然由于自身的复杂性，但同时也受制于现实的复杂性及其需求。因此，游荡在历史的迷宫里以寻找解读现实的路径，或者说为现实赋形，这固然重要；但并不妨碍其姿态稍稍下沉，去逼视现实经验的复杂性及其运作机制，从而在一个相对稳定、充实的维度上去反顾来路、想象未来。毕竟，现实亦是历史，在历史、现实与未来的连续性中，现实是不可或缺的一环。

二

1996年的夏季，短篇小说《哺乳期的女人》发表，小说里有句话："惠嫂原来也在外头，一九九六年的开春才回到断桥镇。"[2] 当毕飞宇写下这句话时，他并没有意识到"一九九六年的开春"意味着什么。很多事情都是事后追认才显得意味深长。

[1] 毕飞宇:《是谁在深夜说话》,《人民文学》1995年第6期。

[2] 毕飞宇:《哺乳期的女人》,《作家》1996年第8期。

多年以后，毕飞宇认为这篇小说是“我的第一个高峰”[1]。毕飞宇写作的春天来了。从舆论的角度来看，这样的写作形态终于跳出了关于先锋文学的成见或陈旧思维可以干预的范围；但对毕飞宇而言，这并非其刻意的转向，刻意设计的写作即便努力也未必能落实为优质文本。这无非是其长期在多个维度探索后自然生成的阶段性成品。两者的合流，造就了一个开始有辨识度的毕飞宇，并在某种程度上转换为他的自我认知。

毕飞宇开始平静地讲述如此趋近写作时间的故事，未尝不是与现实关系的重新调整，这其实也是个重新发现、重新审视现实的过程。这就意味着，那些被掩盖的先锋式的敏感和尖锐，在某个猝不及防的瞬间再次爆发时，会产生更加震撼的美学力量。比如，小说的最后一句：

> 惠嫂回过头来。她的泪水泛起了一脸青光，像母兽。有些惊人。惠嫂凶悍异常地吼道：“你们走！走——！你们知道什么？”[2]

惠嫂的怒吼把儿童行为从成人世界伦理观的规训中解放出来。在成人的世界里，乳房无疑与情欲、生殖密切相关。而在

[1] 毕飞宇、张莉：《小说生活》，人民文学出版社2015年版，第84页。

[2] 毕飞宇：《哺乳期的女人》，《作家》1996年第8期。

一个孩子的世界里，对乳房的“企盼和忧伤”[1]则是对血缘关系天然地信任和依靠，是基于本能的安全感需求。如同幼兽对母兽的撕咬——“惠嫂的右乳上印上了一对半圆形的压印与血痕”[2]。惠嫂通过肉体的疼痛发现了孩子的精神饥饿，孩子内心的秘密通过成人世界所定义的行为禁忌表现出来。

毕飞宇发现了被遗弃在成人世界的孩子，把他们重新放回情感表达、精神需求自为自洽的领域。这种遗弃其实就是一种对精神需求差异性的忽略以及随之而来的道德同化。这是社会、历史进程制造的异化。正如小说提醒的那样：

> 断桥镇的年轻人都沿着水路消逝得无影无踪……旺旺一生下来就跟了爷爷了。他的爸爸妈妈在一条拖挂船上跑运输……他们这刻儿正在四处漂泊……断桥镇在他们的记忆中越来越概念化了，只是一行字，只是汇款单上遥远的收款地址。汇款单成了鳏夫的儿女，汇款单也就成了独子旺旺的父母。[3]

所以，毕飞宇通过对“孩子的重新发现”揭示了某种真相：在1990年代以来愈发汹涌的打工潮中，一代人不得不通过切断

[1] 毕飞宇:《哺乳期的女人》,《作家》1996年第8期。
[2] 同上。
[3] 同上。

血缘关系的精神需求来换取两代人乃至三代人的生存可能。正是因为社会、历史维度的介入，这个温暖而忧伤的故事有了阔大深沉的气象和格局。

回头再回味惠嫂那句嘶吼“你知道什么？”，其实也像是毕飞宇关于写作的自我反省和逼问。由此，毕飞宇的探索也进入了新的境界：有了关于现实持续不断的耐心、观察、洞见，历史、社会的幽灵自然会如影随形。

毕飞宇对孩子精神世界的关注其实始于他的“孤岛”时期。《那个男孩是我》（1993）讲述的故事很简单：一个即将进入青春期的男孩对一个排练《白毛女》的女孩产生了朦胧的情欲。这个故事亦与乳房有关。老师在纠正女孩子舞姿时说的话在故事里特别显眼：

> 把胸脯送出去，这样，送出去。你身上的每一个部分都是舞蹈的语言。记住，它们不再是你的乳房，而是反抗和仇恨。送，送出去。[1]

因为先锋式细节与隐喻的关系设计过于明晰，因此无需再做阐释和引用，都能猜出故事的基本走向：在革命对乳房/身体的命名中，一个男孩干净、朦胧的情欲想象就此幻灭。虽说这

---

[1] 毕飞宇:《那个男孩是我》,《作家》1993年第6期。

篇小说并没有那么优秀，但是“孩子”却在他此后的写作中形成了某种潜隐的脉络。

《写字》(1996)几乎与《哺乳期的女人》同时发表。这个关于孩子识字、写字的故事与我们很多人的童年经历相似，却又处处充满文字与意义、秩序种种关系的隐喻。父亲教授的是“水、火、米”之类的文字，它们涉及基本的生存需求及其意义、秩序。而孩子则沉迷于南瓜与狐狸之间的关系，这是关于自然与原始想象力那种密切关系的感性呈现。孩子迫切地希望能用文字为自己的好奇和想象力赋形赋义。然而，父亲却只教给了“南瓜”“瓜藤”的写法，却拒绝了教授“狐狸”。这里固然存在以生存、实证、科学为名的祛魅姿态，然而它终究是一种意义、秩序对另一种意义、秩序的粗暴中断和改写，是对一种事物的多种意义可能的拒绝。

随着孩子识字量的增加，在没有父亲教授的情况下，孩子开始写下“打倒……”之类的句子，学会在人的名字上划下大大的“×”，以宣泄自己的愤怒等负面情绪。很显然，一个学龄前的孩子在未弄懂某种意义和秩序之前，他已经直接模仿了这种意义和秩序中所包含的暴力形式。历史、现实的幽灵终于附着于孩子身上释放出了戾气。父亲教授的文字及其秩序和意义却被另外的秩序和意义毫无反抗地覆盖，猝不及防。可见，历史的怪兽、现实的狰狞现身的那一刻，其他意义、秩序在文字上的争夺与阐释已经变得毫无意义，文字与话语权之间的意义联想亦变得徒有其表。比如，孩子在大地上写下了“我是爸爸”这种行为，被解释为借由文字所表现的话语权意识和反抗意识，这并不算牵强。可对真实存在的父子关系而言，无非是遮遮掩掩的自我安慰。但是，暴力的习得和使用却简单、直接，可以抹除一切意义，包括意识上的反抗。所以，父亲最后挥向儿子的那一巴掌显得意味深长：一种意义、秩序要实现最终统治时，会毫不犹疑地绕过包括文字在内的一切中介，直接给予肉体以暴力和疼痛。其他与此相悖的意义和秩序都将落荒而逃。

> 我知道只要把这阵疼痛忍过去，我的童年就全部结束了。疼的感觉永远是狐狸逃逸的姿势。[1]

这个场景并不意味着父亲与历史、现实达成了共谋，父亲挥掌的那一刻恰恰是他亦在被历史、现实持续塑造的无意识反应。值得注意的是，在挥起手掌之前，父亲曾将孩子最后的固执视为“中邪了！”，其实是他自己中了邪。更重要的是，在孩子试图自我赋形赋义的意义和秩序就此无影无踪后，等待孩子的那种别无选择的塑造，才是真的“中邪”。

三年之后，毕飞宇果然写了一个孩子中邪的故事。这便是发表于1999年的短篇小说《怀念妹妹小青》。妹妹小青死于1968

---

[1] 毕飞宇:《写字》,《山花》1996年第9期。

年，那一年她九岁。她死前的两年正是“革命”最高潮的时候。一个三年前被铁水灼伤后就远远避开人群的孩子还是被“革命”以某种诡异的方式附体了。妹妹喊人救起了一个试图自杀的女人，而这个女人恰恰是个正在接受教育的阶级敌人。于是，她求死不得的怨恨便成了妹妹的索命召唤。

> 女人把鼻尖顶到妹妹的鼻尖上去，发出了歇斯底里的尖锐喊声：“就是你没让我死掉，就是你，就是你！”妹妹的小脸已经吓成了一张白纸，妹妹眼里的乌黑灵光一下子飞走了。只有光，没有内容。妹妹看见了鬼。妹妹救活了她的身体，而她的灵魂早就变成了溺死鬼，在小青的面前波涛汹涌。[1]

妹妹既不是“革命”的参与者，也不是“革命”的对象，她只是一个懵懂无知的孩子，“革命”漩涡里抛出的一滴水却成为她一生的汪洋。从此，妹妹成为一个听到指令就持续跳舞至精疲力尽的人。妹妹成了“革命”的“附带伤害”（Collateral Damage），她的存在让“革命”变得尴尬起来：革命本是要塑造新的灵魂，但是与之相关的恐惧和怨恨却像是某种离心力把妹妹的灵魂抽走了；“革命”要求服从指令的身体，而妹妹的舞

[1] 毕飞宇:《怀念妹妹小青》,《作家》1999年第5期。

蹈却只是肉身对未遭遇革命之前的那些动作的机械记忆。

当毕飞宇平静地讲述这些记忆时，他只是把记忆当作经验来讲述，而非当作历史来回顾。因为“记忆”拉开了审视的距离，那些经验反而铺展、放大了历史塑造肉身的微观过程。

当毕飞宇把目光重新投向晚近的现实时，他依然写了不少与孩子相关的小说。《家事》（2007）写的是一群中学生借助成人世界的伦理、规则和关系来处理校园生活的故事。校园生活在孩子对成人价值观的戏仿中固然充满了喜感，却连带出一个惊悚的事实，即孩子精神世界的空心化，他们找不到合适的语言来描述自己的情感和诉求，或者说，当他们创造不了自己的话语时，他们只能把自己的情感和诉求掩藏在成人话语之中等待被破解。考虑到文中提醒的“最著名的中学”这样的字眼，那么，这样的局面无疑是成人世界压制的结果，而成人世界/社会现实又缺乏活力，他们无法提供关于未来的动力和榜样，孩子们只好通过预演即将来临的庸常、琐碎和无聊来取悦自己：“既然未来的人生注定了清汤寡水，那么，现在就必须让他七荤八素。”[1] 戏仿即狂欢，而狂欢无非是因为当下和未来皆为虚无。《大雨如注》（2013）则是成人世界塑造孩子所导致的悲剧。在一场大病之后，孩子开口即是英语。作为“病人”的孩子却实现了父母施加于其身上的预定目标，只是父母再也听不懂她说

[1] 毕飞宇：《家事》，《钟山》2007年第5期。

出的话。母语的丧失和代价沟通失效通过这个荒诞而悲伤的故事，指向了功利、浮躁的社会内部无根、分裂的病态和异化，它是已经显露征兆的未来。所以，小说有了一个暧昧的结尾：

> 过道里传来急促的脚步声，大姚呼噜一下就把上衣脱了。他认准了女儿需要急救，需要输血。他愿意切开自己的每一根血管，直至干瘪成一具骷髅。[1]

这个结尾更像是毕飞宇按捺不住焦虑，自己跳出来开具了药方："输血"。但是，谁来输血，输谁的血？"输血"就成了一个是似而非的隐喻。类似的含混也出现在《彩虹》（2005）中。表面上看，这是一篇温暖的小说，隔壁孩子的童真让两个相依为命的老人的生活重新充满活力。这样的故事固然涉及当代社会的空巢现象。但是从孩子的被动性的角度来看，在成人世界的精神需求中孩子无意中成了养料，同时，那种孤独感也并不仅仅是老人的困境。

所以说，毕飞宇写了这么多"救救孩子"的故事，但是他其实有着更为广阔、深远的旨归。那些被侮辱被伤害的孩子更像是毕飞宇观察世界、叙述历史与现实的一种方法、中介或视角。弱势、被动、可塑性等特点使得孩子成为毕飞宇的叙事诱

---

[1] 毕飞宇：《大雨如注》，《人民文学》2013年第1期。

饵，由此社会、历史进程的蛛丝马迹更容易在其中留下痕迹。正如毕飞宇自己说过的那样："我不认为一个七岁的孩子和四十多岁的男人有多少区别。因为弱小，也许更敏锐。"[1]进而言之，孩子在毕飞宇的故事里不仅仅是吸纳经验的介质，那些孩子的故事其实是复杂、丰富的历史、现实困境具体演绎的结果。那些孩子是我们每一个人。

三

2002年，毕飞宇发表了短篇小说《地球上的王家庄》，这个故事也与孩子有关。但是他没有想到，一个孩子神奇、辽阔的想象力会让一个村庄的名字成为他的写作"标签"，他同样没有料到这个孩子的故事会被视为他"最好的短篇，没有之一，就是最好"[2]。

这个八岁的乡村孩子在《世界地图》启发下开始想象王家庄与中国、地球、宇宙的关系，他的辽阔想象和冒险之旅终结于父亲的又一个巴掌，并被父亲斥责为"神经病"。形成对照的是，父亲却对《宇宙里有些什么》感兴趣。于是，在"满天的星光，交相辉映，全世界只剩下我和父亲"时，便有了一场对话。

---

[1] 毕飞宇:《玉米》，人民文学出版社2015年版，第6页。

[2] 毕飞宇:《写满字的房间》，人民文学出版社2015年版，第101页。

我说："地球在哪里？"父亲说："地球是不能用眼睛去找的，要用你的脚。"父亲对着漆黑的四周看了几眼，用手撣了撣身边的萤火虫，犹豫了半天，说："我们不说地球上的事。"我把手电筒塞到父亲的手上，掉头就走。走到很远地方，对着父亲的方向打骂了一声："都说你是神经病！"[1]

这场父子对话充满了错位与歧义，正如这篇想象力奇幻的小说透露着历史的凛冽。儿子把"神经病"当作特立独行的褒扬，而在父亲那里则意味着可以掩盖异端言行对政治的冒犯。当儿子在想象王家庄与地球的关系时，父亲却试图在宇宙中忘却地球上的事情。于是，王家庄便有了几分隐喻的意味，是关于历史、现实及其困境的隐喻。父亲的避而不谈是精神的逃离，而儿子却用实际行动反证了逃离的虚妄。

那个坐着小舢板迷失于乌金荡的孩了，在看到小汽艇出入王家庄时，应该隐隐约约地意识到，他之所以走不出王家庄是因为工具及其背后的权力。

傍晚时分玉米被公社的小汽艇给接走了……小汽艇推过来的波浪十分地疯狂，一副敢惹是、敢生非的模样，没

[1] 毕飞宇:《地球上的王家庄》,《上海文学》2002年第1期。

头没脑地拍打王家庄的河岸，把那可怜的小农船推搡得东倒西歪。[1]

权力的各种面相竞相展示于玉米在王家庄最后的日子里。而玉米恰恰是个早就洞悉权力秘密的人。她在大家庭中主导地位的确立就是权力统治日常的过程。她对父亲的放荡是厌恶的，但是她在父亲的放荡中看到了权力滋生的肆意妄为，所以她并不厌恶权力本身，同时，她还可以依凭父亲的权力去羞辱那些跟他父亲有过不伦关系的女人，因为她明白权力可以重新定义道德和真相。家人遭遇不测，亦是权力旁落后的直接后果，因此，她需要重新攀附权力。所以，她毅然决然地坐上了“小汽艇”，因为她知道这是通往更高的权力等级的工具。

在玉米的故事中，性别与权力关系表现得有些暧昧。这个故事中的男性，不管是王连方还是郭家兴，固然都代表着权力，却被狭隘地表现为性的占用和攫取。在女权主义的凝视下，这固然可以被解释为刻意为之的丑化和简化。相形之下，反倒是玉米在与权力的交换、操纵中表现出很强的主动性。换而言之，玉米其实更像是权力的肉身，一直在展示权力的面相和威力，从王家庄的各个角落到断桥镇的街头巷尾。生存和自我保护之类的理由，并不能缓解女权主义视角在类似的问题上的尴尬。

---

[1] 毕飞宇:《玉米》,《人民文学》2001年第4期。

相比之下，她的妹妹玉秀才更像权力与性别关系的牺牲品，而且玉米还是共谋者。

> 玉秀说：“这是英语吧？”郭左笑笑。笑而不答。
>
> ……
>
> 玉秀的话题主要集中在“城市”“电影”这几个话题上。玉秀一句一句地问，郭左一句一句地答。玉秀好奇得很。郭左看出来了，玉秀虽是一个乡下姑娘，心里其实大得很，有点野，是那种不甘久居乡野的张狂。而瞳孔里都是憧憬，漆黑漆黑的，茸茸的，像夜鸟的翅膀和羽毛，只是没有脚，不知道栖息在哪儿。
>
> ……
>
> 玉秀已经开始让郭左教她普通话了。[1]

“英语”“城市”“电影”“普通话”等词语挤满了两个人的交往空间，同时伴随着来自男性的观察和凝视。这些词语所建构的图景是玉秀关于未来生活的美好想象。而在郭左的城乡视野里，这些词语很容易被编织成以经验和知识作为表现的权力关系，更何况还有作为政治权力本尊的父亲郭家兴以及对权力进行操控的继母玉米参与到这种关系的运作中。

---

[1] 毕飞宇：《玉秀》，《钟山》2001年第6期。

郭左就是在当天的夜里促动了想睡玉秀的那份心的，反正七八个了，多自己一个也不算多。

……

“那件事”玉秀其实无所谓的，反正被那么多人的男人睡过了，不在乎多一个。[1]

把玉秀曾经被轮奸的真相告知郭左，是玉米一番利益权衡之后的决定。所以郭左后来对玉秀的粗暴行径，在很大程度上就是权力关系鼓励的结果。事情的另一面是，权力过滤后的道德判断居然会在受害者那里获得认同和内化，以至于类似的暴行再次发生时，玉秀会将其视为美好情感的确认方式。

事实上，玉秀与郭左的情感经历跟玉米与飞行员彭国梁的感情经历有相似之处，都是把人生幸福的愿景与权力关系捆绑在一起。唯一的区别在于，玉米能够在情感关系中清晰地识别出权力，懂得交换的筹码和时机；而玉秀只能在权力关系编织的道德迷宫中一步步毁掉自己。而多年以后，玉秧亦在被猥亵之后，发现了权力交换的秘密，并把自己的班主任推进了“人民的汪洋大海”[2]。

毕飞宇曾强调这些故事的历史背景，然而它们未必只是特定语境的产物。玉米、玉秀、玉秧三姐妹故事之间的关联，更

[1] 毕飞宇:《玉秀》,《钟山》2001年第6期。

[2] 毕飞宇:《玉秧》,《十月》2002年第4期。

像是一个原型故事在不同时空的变体。所以，王家庄的故事不断在别处上演的过程，其实就是权力的基本结构及其面相不断在别处浮现的过程，在或远或近的历史中，在或明或暗的现实中。从这个意义上来说，王家庄既是一种隐喻亦是一种浓缩的微观政治。居于其中的人，或者参与共谋，或者逃脱而不得。

多年以后，毕飞宇发表了短篇小说《1975年的春节》，王家庄的故事终于成了寓言。1975年是不是历史的至暗时刻，其实并不重要，甚至连年份都不重要。重要的是，身处其严寒中的人们并不知道解冻时刻会在何时降临。

因为湖面和船被冻住，外来宣传大队的队员被困在了村子里。孩子们出现了，就是毕飞宇一直书写的那些孩子，他们什么都不懂，但是他们会记住一切；疯女人也出现了，她或许就是那个自杀未遂却吓傻妹妹小青的女人，也可以是可能会被权力关系抛弃的三姐妹中的任何一位，甚至可以是《青衣》中筱燕秋的前世；还有那些一直面目不清却随时可以汇聚成“人民的汪洋大海”的村民。他们目睹了疯女人在追逐孩子的过程中掉进了冰窟窿。这是围观死亡的狂欢时刻，王家庄的故事又将成为一则预言。那些向远处奔跑的人将一次次地跌倒直至死亡，如节日庆典那样会反复上演：

> 我们村的人看见了女人的身体横在了水里，正在冰的下面剧烈地翻滚。……我们村的人只能看，无从下手。我

们村的人看见女人的身体慢慢地翻了过来，她的眼睛在和阿花对视；她的嘴巴在动，迅速地一张一合。……她应该在尖叫。可是，她在说什么呢？又过了一会儿，女人的脸贴到了冰面的背部了，冰把女人的眼睛放大到了惊心动魄的地步。随后，女人的头发漂浮起来，软绵绵的，看上去却更像竖在她的头顶。[1]

这是我们每一个被困在王家庄一样的历史和现实困境中的人奋力挣扎的样子，远远望去像是飞翔。这样的姿势被冰冻定格以后，倒是有了仰望星空漂浮于宇宙的模样。

（原名《毕飞宇的三个美学时刻——以中短篇小说为例》，刊于《当代作家评论》2021年第1期，收入集子时，文字有所改动。）

[1] 毕飞宇:《1975年的春节》,《文艺风赏》2011年第1期。

第二辑

幻术与索隐

一

自称为“虚构之物”的巨蛙讲述了一个横跨广州、澳门、伦敦三地的魔幻故事，于是，便有了林棹的长篇小说《潮汐图》。如果说虚构是历史、现实的影子，那么这个用混杂的语言（普通话、粤语、皮钦英语的白话形式）讲述的时空交错的故事，已经用充沛的想象力化解了大多数可能追索至现实和历史的提醒。故事主角巨蛙曾说过：

> 万物有影子。浮槎是行星的影子。群岛是恒星的影子……
>
> 万物有影子。泪痕是旧事的影子。梦痕是新禧的影子。[1]

[1] 林棹：《潮汐图》，上海文艺出版社2022年版。后文中凡引自该书的引文不再一一标注。

可以说，林棹用叙事幻术营造了一个奇幻与酷烈交织的平行世界。看到影子会探寻实物，很多时候并不是因为实物重要，而是因为需要某些参照来稳定视角，方能更好地审视影子的鬼魅和多变。正如在平行世界里偶然看到其间漂浮的疑似另外一个世界的碎片，抓住它才能不至于在审美中眩晕、迷失。有时审美也需要一种具有离心力的安全感和稳定感。倘若“虚构”被视为某种幻术或障眼法，那它需要偶尔露出一些马脚或破绽，那是引领读者进入一个迥异世界的诱饵；而诱饵或引导同时也是某种拉开审美距离的平衡力量。因此，面对《潮汐图》这样高度依赖叙事幻术的作品，辨识审美风暴中诱惑与方向感之间微妙的反讽、张力关系便显得非常重要。所以，理解《潮汐图》不妨先从林棹主动释放的一些片鳞半爪的信息开始。

> 旅程已经结束。有时我会想念远方巨蛙。也会想念篝火旁的袋狼、猕猴、粉头鸭。一种被称为“自然”的巨大整体正以肉眼可见的速度消逝，短促的我们只来得及取一瓢尝。

这是小说后记里的最后一段话。林棹怀想的是小说里的一个场景：雪夜桥洞下的篝火边，几个动物在聊天。

> “人被咳嗽打败了，”粉头鸭说，“人大撤退。”

"人？撤退？诸位的屁股所在位置正是人的地盘。"

猴子和怪狗笑啊，笑啊。猴子笑得滚倒在地，怪狗笑得哮喘、舌头歪耷。"人撤退回恐惧洞穴，抱紧自己，"粉头鸭说，它的左脸对着我，"恐惧是万物的故乡。人走出去太远，忘了本。"

还在疫情中步履蹒跚的现实世界大概会让这样的魔幻场景显得过于讨巧、直白。但是这样过于急切的投射未尝不是审美偏狭的结果。BBC在2020年拍摄过一部纪录片《地球改变之年》（*The Year Earth Changed*）。开头的旁白极其简洁地概括了主旨：

March 2020. A deadly virus sweeps around the world. Overnight, our lives are put on pause. But as we stop, remarkable things start to change in the natural world. Cleaner air. Cleaner water. And animals starting to flourish in ways we hadn't seen for decades.（2020年3月，一种致命的病毒席卷全球。一夜之间，人类生活被按下了暂停键。随着我们人类停下脚步，自然界发生了一些奇妙的事情。空气更清洁了。水更干净了。动物开始以我们多年未见的方式繁衍生息。）

简单说来，这部片子的非凡之处在于，它试图恢复一个真相：人类退场之后，或者当人类的进程被相对抑制之后，万物和自然的样子和声音被重新发现。尽管从未说出口，这部片子的潜台词却始终穿行于影音之中：人类既不是自然，也不属于万物。人类被排除在物种分类之外，是自然的天敌和入侵者；所以，在人迹消失或暂时中断的地方，鲸歌、鹿鸣、豹吼重新充盈了生命的欢愉和奔放。从这里再回望那个动物夜谈的场景，它所以显得魔幻，是因为有些真实一直游荡于我们狭隘的经验范围和审美边界之外；它之所以被急切地投射于现实，也是源于人类只关心自己的命运和生死。有趣的是，在这场魔幻的对话中，动物们还未完全将人类排除于万物之外，只是看到了人类背影渐行渐远。所以，当林棹感叹“一种被称为‘自然’的巨大整体正以肉眼可见的速度消逝”时，她的眼光早就越过当下，投向一个并不太久远却恍如隔世的过去——那个时候，人类发明的“现代”还在小心翼翼地试探，还未生长成垄断这个世界、不可撼动的权力和秩序。那个时候，已经见识过庞大的三桅帆船的巨蛙与他同时代的人们还深深地陷在被“一块巨铁逆风疾行的景象”暴击后的困惑与震惊之中。

巨铁涅墨西斯号逆风疾行，一根黑亮巨管从她腰间冲天凸起，想要轰天！但没有轰天，只是持续地喷吐黑烟。她发着一种破天荒的怪声越逼越近，一连七夜，那怪声回荡在所有人的梦里。

……

我们一路顺风……但终究未能躲开困惑。铁块如何能够逆风疾行？那就是风和帆的终点了。

晚年的巨蛙偶尔撞见了两个时代的擦肩而过。木质巨舟、三桅帆技术，是大航海时代最后的辉煌。“巨铁”与“黑烟”关联，所隐喻的则是铁甲和蒸汽机结合而成的“工业革命”机械巨兽。航海史上“蒸汽时代”对“风帆时代”的覆盖，既是“风和帆的终点”，其实亦是“现代”呼啸而来的一个侧影。虽然要等到19世纪中期以后，“现代”的轮廓才逐渐清晰。但是在那一刻，巨蛙依然瞥见了庞然大物主宰未来的样子，这对她的时代而言，确实“有如世界末日”。

其实不妨对一些影影绰绰的信息进行进一步廓清。林棹自陈运送巨蛙的“世界号”原型是“邦蒂号”（HMS *Bounty*）。稍作检索，便不难发现，HMS 其实是 Her or His Majesty's Ship 的缩写，意为皇家舰船。当然，对很多爱国者来说，它还是 Huawei Mobile Services（华为移动服务）的缩写。这艘服役于18世纪末的舰船之所以扬名至今，除了因为它的传奇性轰动了整个欧洲，还因为它的兵变故事曾被多次改编为电影：克拉克·盖博（1935）、马龙·白兰度（1962）都主演过《叛舰喋血记》（*Mutiny on the Bounty*）的不同版本，梅尔·吉布森、安东尼·霍普金斯、丹尼尔·戴·刘易斯、连姆·尼森都还比较籍籍无名时也联手演绎过这个题材［《叛舰喋血记》(*the Bounty*)，1984］。了解了这些，好奇心会继续发酵，“巨铁”被命名为“涅墨西斯号”意味着什么？它有原型吗？涅墨西斯是Nemesis的音译，是希腊神话中的复仇女神。恰好，有一艘名叫“复仇女神号”[1]的英国皇家军舰参加过第一次鸦片战争。更重要的是，“复仇女神号”还是英国的第一艘铁壳战船，且是世界上第一艘以蒸汽机作为动力的军舰，而这艘军舰恰恰由东印度公司出资建造。林棹不是还提到小说人物 H“脱胎于19世纪上半叶英国东印度公司商人群像”吗？

这里并不是要通过种种钩沉和索隐，来谈论林棹如何将历史变形、重组，而是为了说明林棹营造的奇幻氛围与这些背景或者说历史的碎片有千丝万缕的关联。即便其间的关联气若游丝，那也是把形态缥缈的故事相对塑形的有效途径。幻术需要边界，魔法也有限度。由此反观，小说里“世界号”与“涅墨西斯号”的相遇显得意味深长，这部始终悬浮于奇幻氛围里的故事终于有了历史锚点的牵绊。所以，“巨蛙”其实是那个预见新世界即将不可避免地来临，却又见证了旧世界最后的风景的见证者。这样的时刻后来在历史学家那里得到了确认。

---

[1] 参见［英］安德里安·G. 马歇尔，《复仇女神号：铁甲战舰与亚洲近代史的开端》，彭金玲译，广西师范大学出版社2020年版；茅海建：《天朝的崩溃：鸦片战争再研究》，生活·读书·新知三联书店2005年版。

> 在1830年以前，人们肯定不曾明确无疑地感受到工业革命的影响，至少在英国以外的地区如此。大约在1840年前后，它的影响可能也不太明显，一直要到我们所论述的这段历史的较晚时期，人们才能实实在在地感受到工业革命带来的影响。[1]

这里并不是要给一部虚构之作划定确切的历史边界，而是要为一个不断飞翔的故事建造可供其偶尔停歇的驿站。有了这些驿站，那些过渡时期的风景、故事中丰富、驳杂的意味才会相对清晰地展示出来，这其实也是一种提醒，越过那些驿站之后，有的故事便永远不会发生了，有些风景也就彻底消失了。

二

叙述者巨蛙自称为“虚构之物”，但是层层叠加的幻术都无法改变一个事实：所有虚构作品中的叙述者皆是虚构之物，不管其形象是否为人。在幻境之中，草木鸟兽魑魅魍魉皆能开口说话。因此，叙述者的腔调和形象设定首先是个技术问题，最直接的目的就是如何富有成效地进行内容输出和意义传达。比如，巨蛙的生死大限、来源和归宿、形象变化、语言天分等方

[1] ［英］艾瑞克·霍布斯鲍姆：《革命的年代：1789—1848》，王章辉等译，中信出版社2014年版，第34页。

面的模糊性恰恰是叙述中复杂的时空切换所需要的。但是，所有的技术问题都无法独立存在，终将服务于故事形态及其隐喻的生成。

当巨蛙在小渔村被捕捞出来的时候，那些围绕着她的诸如来源、性别、名称等的属性问题其实并不重要，重要的是将有叙述者开始讲述古粤之地的故事。大概是因为属性模糊而散发的神秘性，使得巨蛙被视为通灵异兽，并成为粤地祈福消灾的巫术中的重要法宝。正是在这些仪式性的场景中，古粤之地的风俗、语言、自然和日常得到了戏剧性的呈现。所以，当供奉在祠堂船上的巨蛙断尾消失时，其实也意味着某种生活方式和文化景观的消失。

断尾失踪在一八三二年。那时我已远在澳门了。

这个年份是旧风景开始消失的时刻。在被带到澳门之前，巨蛙被海皮的英商捕获。“海皮”在粤语中是海边的意思，而有着“十三行街”的海皮则为有着特定历史意味的地理空间，只是这里的“海”指的是珠江。明白了这些含义，便理解了何以断尾的消失其实便是风景的消逝的隐喻。

在一段名为《海皮自然史》的段落里，林棹写道：

……旗人骑土马而来，给海皮抹一种全然独特土层。……旗人在街口、桥头建哨所，又向江边摆设税馆。他们给草包套制服，插向海皮吓人。

海皮住客有：红毛鬼、白头鬼，花旗鬼、荷兰鬼，瑞国鬼、马拉鬼，佛朗机鬼、法兰西鬼，个个在海皮开公司，被立夏南风吹来，被立冬北风打去……

有十三行商行夷馆，收留寰球番鬼和番鬼公司。有海皮四街……有让人大开眼界的一切，唯独无番鬼婆。

一些历史的棱角还是在这个依然充满绵密修辞的章节中破土而出。所谓“旗人”涂抹的“独特土层”，提醒着特定的历史实情：乾隆二十二年（1757）至鸦片战争爆发之前，广州是晚清政府唯一的对外贸易通商口岸。所谓“十三行”是对朝廷特许从事中西贸易的垄断性中介机构的习惯性统称，这些行商半官半商，在贸易上居于中外商人之间，在外交上居于清廷与外商之间。[1]外商来到广州只能居于由十三行开设的行商会馆（“夷馆”）中，且行动要受到种种监管。乾隆二十五年（1760），《防范外夷规条》颁布，其中规定“夷商在省住冬，永行禁止”[2]，就是说，外商不得在广州过冬，于是，便有了引文中的“被立夏南风吹来，被立冬北风打去。”这些规定在执行过程中可被酌

[1] 参见陈旭麓：《近代中国社会的新陈代谢（一八四〇——一九四九）》，中华书局（香港）有限公司2016年版，第34—39页。

[2] 梁嘉彬：《广州十三行考》，广东人民出版社1999年版，第100页。

情处理为暂居澳门。小说的第二部分《蚝镜》也就从历史的枝丫中长出。嘉庆二十四年(1819)，则有禁止外国女性进入“夷馆”但可以居留澳门的规定[1]，这其实是对此前相关禁令的重申，所以，熙熙攘攘的海皮“唯独无番鬼婆”。值得一提的是，同年颁布的禁令中还有一条是禁止外商乘船游河。这便解释了 H 和他的同伴何以要装扮成当地人模样、鬼鬼祟祟地穿行于珠江。正是那一次冒险，他们撞见了巨蛙，故事从此有了新的转折。高蹈的想象力和繁复的修辞相互缠绕的虚构之作，总是在历史的奇崛处轻轻借力并继续飞腾，这正是《潮汐图》的迷人之处。

由此再回望巨蛙断尾消失的时刻，其实那是中国进入条约制度之前华洋杂处相对平和的短暂时光。这样的过渡时分，同时也是古粤之风注定消失的前兆。就像 H 与巨蛙初次相遇时说的那样：

> 你知道吗，蛙，你的掘尾，你的疤痕，即将蜕去、与你永别。你将要失去它，似失去故土那样失去它。

这样的话看似是压抑好奇与兴奋的轻声细语，其实暗含贪婪、攫取的侵犯意味。如果说，巨蛙暧昧不清的身份和起源，在敬畏神灵的古粤之风中多少意味着通灵异兽；那么在帝国冒

[1] 向达编:《中西交通史》，中华书局有限公司1933年版，第131页。

险家 H 眼里，它只是有待识别的未知物种。这样的相逢，其实是两个世界开始交接的时刻，崛起的新世界开始对旧世界进行吞并和祛魅。

> "H 即将到埠。"
>
> "哪个 H？"
>
> "哎呀，从来只有一个 H——那个 H。"
>
> 某个风和日丽的下午，半数番鬼出离楼面、涌上广场。珠江面上船挤船，艇挤艇，连成平原街市。……等到 H 本人，滋悠淡定，搭女猎手号入黄埔，换驳艇，溯江而上在海皮渡头泊岸，广场上已站满四方番夷并一支业余管弦乐队。

H 登陆海皮时的盛况与其说是因为其个人经历的传奇性，倒不如说是其传奇经历所隐喻的帝国扩张的形象。用历史学家的话来说："地理大发现主要由葡萄牙、西班牙完成。因此，16 世纪和17世纪，它们分别具有在东方的优势。直到18世纪，才开始了英国头角峥嵘的时代。"[1] 于是，H 在海皮的出现更像是一种无法避免的新世界景象和秩序的降临，只不过此时的帝国野心还需要无畏生死的冒险家和求知若渴的博物学家这些形象来

[1] 陈旭麓：《近代中国社会的新陈代谢（一八四〇——一九四九）》，中华书局（香港）有限公司2016年版，第34页。

修饰。货架、博古架、解剖台、谱系树以奇异的方式拼凑着帝国彼时的表情，正如那些商船其实都是经过改装的军舰。

巨蛙撞见了伪装掉落的过程：她发现博物学家对新物种的痴迷和冒险家对新发现的兴奋都最终都落实于标本。在行商会馆的标本仓库里，巨蛙曾感叹："人颇费了些心力智力忤逆天然、维持那种罕见的干燥"，她也看到"以科学为名"如何使血腥的场景变得"合法正当"。

> 欢迎参观我的尸体、我的脏器，和这一套加诸我身上的酷刑。

真相的震荡让巨蛙昏厥，清醒紧随其后。按照通常的理解，"科学"是"现代"的核心意识形态之一及其制度构成的重要部分，它起步于对"不朽"的祛魅和批判，从而获得了历史进步性。然而"标本"却揭开了"科学"对"不朽"的戏仿、改造这种隐秘而荒诞的真相。严格说来，"标本"的原始起源与古典关于精神"不朽"的敬畏和追求有关，是在生命和自然停止之处的继续探寻。而"现代"标本的制作前提恰恰是以"科学"为名对生命的主动杀戮和对自然的强力遏制。以知识传播为名的保存和展示，掏空了生命和肉身；原始、野蛮意义上对战利品的占有和炫耀重新装饰了标本的光鲜形象：它们互为表里，让标本成为可流通的象征性占有和炫耀，成本昂贵却需求强烈。于是，作为替代性的“不朽”，标本便成了殖民贸易中的重要物品之一。这样看来，新世界商业文明的源泉和动力竟源自旧世界的暗黑的心，在这里现代的知识和教化毫无用武之地。用巨蛙的话来说：“野心家们做梦都想将神爷火华制成标本，卖个好价钱哩。”“爷火华”是“Jehovah（耶和华）”的音译，最初来自英国传教士马礼逊翻译的《圣经》中文译本《神圣天书》（1823）[1]。如此看来，大概“标本”是最能代表“现代”弑神本性的象征物吧。所以，野心家们之间的惺惺相惜，就像能够弑神的人之间的相互致敬。正如H对一位标本制作师的无限怀念：

> 老鲍啊老鲍，你把一生赌在谁也讲不清楚的东方，为帝国搞到近千件标本，还有上百件不走运的活体（包括那十六只从美国人手上买得、星星般震颤的蜂鸟）死在海上，而你死在苏门答腊。尸体好歹弄了回去：用橡木桶装着，用朗姆酒浸着。

在19世纪的上半叶，福尔马林还未被发明出来。所以，殖民者通常采取一种比较古老的方法，把需要运回故国的尸体浸泡于烈酒中。想象一下帝国乘风破浪的三桅帆下的真实场景：标本、死亡的动物和客死的冒险家排列于货仓，如琳琅满目的

[1] 张英明、徐庆铭：《论〈圣经〉马氏译本对洪秀全的影响》，《广西师范大学学报》2005年第1期。

商品摆放于货架。帝国的荣耀来自商业的繁荣与死亡的堆积之间的隐喻关系。每一件标本都意味着一次杀戮和死亡，同时也会成为被掠夺之地的记忆见证和历史创伤。而那些浸泡于烈酒之中的冒险家和他们的事迹固然会被帝国视为历史的英雄和“现代”的伟业，却仿佛在为历史的刽子手和“现代”的罪恶保留鲜活的罪证。制造、收集创伤并将其展现为“现代”的进步勋章，大概就是帝国成长之路的秘密。

三

多年以后，H死于澳门，仿佛是老鲍的故事的再次上演。稍有不同的是，老鲍热衷于搜集尸体，而H倾心于“炫耀性圈养”，他建造了“好景花园”来安置那些从世界各地捕获的动物。“好景”这个名字大概是根据澳门比较古老的名字之一“蚝镜”的谐音而虚构，而巨蛙的澳门故事亦被命名为“蚝镜”。

巨蛙在“好景花园”里终于获得了明确的生物学身份：Polypedate giganteus，用巨蛙自己的话来说：“它是一道印黥，使我暴露，使我永恒区别于仍然隐匿的万物。”这个命名与小说中提到的瑞典人卡尔·冯·林奈的生物学著作《自然系统》有关。林奈开创了“纲、目、属、种”生物分类法和“二名法”（又称“双名法”）物种命名法，其中的合理之处至今还被沿用。Polypedate giganteus 尽管是林棹虚构，却遵循了标准的二名法：

前者为属名，是拉丁名词，对应于英文polypedatid，在这里不妨简单地理解为“树蛙”；后者则是种名，是拉丁形容词，对应于英文gigantesque，可以理解为“巨大”“巨型”。这便是中文“巨蛙”的来源。这种命名建立于分类等级从谱系树根部自下而上的逐级细化。倘若把Polypedate giganteus逐步追溯到更大的分类范畴，它将依次遭遇“无尾目”“两栖纲”。可是，巨蛙明明有一条尾巴，只是被契家姐砍断了，且H初次见到巨蛙时，便注意到她身上残留的“掘尾”。“掘”在粤语中有“秃”或“断”的意思。

这便意味着巨蛙获得命名和身份的时候，她的尾巴再次被砍断，这次是以知识的名义：断尾消失于知识中。“现代”依凭知识分类及其命名权对世界进行了重新辨识和解释。依凭各种知识体系重建秩序的世界看上去透明、清晰且不失复杂和多元。这里固然存在着“现代”的进步性，但是，“现代”看不到自身的局限和知识的傲慢：世界在知识中生长，是“现代”的自我想象——“帝国梦想重新发明世界”。就像巨蛙观察到的那样：“（谱系）树有自发的热望：伸张直至吞下宇宙万物。”因此，被感知、被呈现的世界，哪怕再丰富，也是被知识打磨、切割、重新塑形的结果。世界与被知识包装过的世界之间存在着或明或暗的深渊。那些居于标准、秩序之外的事物，或者说无法被知识解释、塑形的未知，要么被削足适履地强行收编，要么被抛回幽暗之处。

巨蛙第一次被断尾无疑是种残忍的肉身伤害，虽然这与对神秘、未知的敬畏相关，但毕竟是野蛮、粗暴的行径，它们共同指向某种与“自然”相通的生存方式和文化景观。所以，不妨将那截断尾的消失，视为“现代”对“自然”改造的结果。尽管这样的事情在巨蛙的记忆中充满伤怀的怀旧气息，但依然多少包含着“现代”的历史进步性。而巨蛙的第二次被断尾则是无形的、象征意义上的抹除，体现着“现代”的狭隘和知识的残暴。这是“现代”将在往后岁月里逐渐展现的另一面。“现代”将携带他引以为傲的知识和秩序，信心满怀地对世界潜在的可能和隐秘的未知进行无知无觉的清除，在这样的过程中，“现代”及其知识、秩序扩展自身边界、反省自身局限的很多机会也会消失于无形。当“现代”变得愈发刚愎自用、沾沾自喜的时候，当知识丧失对隐秘、未知的好奇和敏感这些动力时，世界也就成了知识牢笼里奄奄一息的死囚。当然，在“现代”目空一切的眼光里，那可能就只是一只躁动不安、有待驯化的野兽，也可以是闲暇时可供赏玩但并无多少神秘感的奇观。

于是，在巨蛙成为Polypedate giganteus之后，便有了专职饲养员，毫无意外地成了动物、宠物和玩物。巨蛙把一切看得通透：“我和寰球之蛙将组成风景，供智人远眺、自恋。”巨蛙的澳门时光里唯一值得留念的地方在于：在某些时候，她尚能以平等的身份与华人画师冯喜结伴夜游。巨蛙半人半兽的暧昧状态，对应着“现代”与“自然”最初遭遇时的那种混沌状态。

巨蛙被标识为动物之后，也就意味着她被“现代”踢回了“自然”，以“现代”为名的物种区别和等级设定，使得巨蛙成为有待征服的对象或有待驯化的目标。所以，H 的情人明娜会对巨蛙进行种种礼仪培训、服饰装扮，并教会她如何通过表演来讨好主人和客人。直到巨蛙与她的专职饲养员在伦敦（小说中所谓的“帝国心脏”）的帝国动物园分别被标注为“巨蛙太极”和“满大人”。澳门时光里由“一条锁链”所建立的驯化关系，便成了侵略者施予受害者的征服关系，种族、文化优劣等级关系的预演。至此，那些最终掌控整个世界的“现代”的种种知识和秩序已经基本显现轮廓。

巨蛙从海皮到澳门再到伦敦的地理空间位移，本是一个从“自然”逐渐靠近“现代”起源地或“文明中心”的过程，巨蛙的身份识别却经历了逐步降格：从通灵异兽到人类伴游再到豢养之物。两个过程并不矛盾：巨蛙在地理空间里的流转及其遭遇，不正是对“现代”迅猛而嚣张的历史时间进程的空间化展示及其意味深长的隐喻吗？

四

巨蛙在帝国心脏度过的最后岁月被命名为“游增”。“游增”是佛教用语，意为“地狱”。“现代”诞生于“自然”，却把“自然”囚禁。对被围困在铁栏中丧失行动自由的巨蛙来说，这确实是遥遥无期的地狱之旅。直到一场瘟疫降临帝国心脏，动物园无人看管，巨蛙才重获自由。这是个稍显戏剧性的转折。开头提到的那场动物雪夜篝火围谈，就是在这样的背景下发生的。这并不是林棹被当下分神的表现，这个背景的原型大概是17世纪60年代那场席卷伦敦的鼠疫，它让伦敦在一年多的时间里减少了五分之一的人口。这个瘟疫之年被往后挪移了二百年左右，在这趟魔幻旅程的尽头完成了对“现代”的想象性报复。只是巨蛙的断尾再也回不来了。断尾处隐隐作痛或许是刺激、保存记忆的一种方式，多年以后，便有了故事的第一句话：

> 我是虚构之物。我不讲人物，我有过许多名字，它们一一离我而去，足以凑成我的另一条尾巴。

巨蛙那截断尾早就与“自然”一起退回世界的幽暗处。巨蛙怀念它，需要讲述失去它的前因后果。于是，海上的腥风和街角的血雨、城市的火光和港口的喧嚣、季风的狰狞和烟筒的嘶吼、饕餮客的狂笑和暴怒与流浪者的迁徙和停留……所有这些层叠的风景与往来的人事都散落于两个时代相遇时的漩涡之中，最终汇聚为巨蛙的那条无形之尾。有形之尾或成化石不可解，而无形之尾却是野蛮生长的怀旧故事。

> 我们讲故事，因为……在这人世间，除了故事，我们

一无所有。我们把故事留给亲爱的人，除此之外没有别的遗产。

一个善良的人类曾如此告诉巨蛙。然而人类终究擅长遗忘，但是巨蛙却因为疼痛而一直记着。她的记忆是“自然”留给“现代”和人类最后的礼物。就像巨蛙对另外一个善良的人类说过的临别赠言：

我只求，未来日子，你去每座港口每家酒店饮落每一口酒，都有今夜的一滴。

（原名《幻术与索隐——读林棹〈潮汐图〉》，刊于《南方文坛》2023年第1期，收入集子时，文字有所改动。）

盛世废墟与浪漫主义怪兽

一、“未来末日的影子”

一次反抗组织的刺杀行动，一份官方的秘密调查报告，一则流传甚广的创世神话，三个可以独自成章且在文体上有所差别的故事，以倒叙的结构方式成就了李宏伟迄今为止最具故事性、戏剧性的一部长篇小说——《引路人》。

故事发生于未来，其时核能滥用导致的资源枯竭、环境恶化，引发了一系列社会、政治、经济问题，世界面临崩溃。一种新的社会治理方案在全球实施：新的人类社会管理组织“文明延续协会”取消了“国家”制度及其边界，整个人类社会被重新划分为“丰裕社会”与“匮乏社会”。自此，所谓“新文明时期”开启。

资源快要耗尽，灾害频仍时，人类决定解散旧有管理体系，国家消失，由东西方文明延续协会两个机构负责基本运转，由此开启人类的新文明时期。

……

会长是文明延续协会的象征，是首席权力人，虽然这权力是协商性的。协会成立时，人类整体的生存与延续成为头等大事，又鉴于男女比例的严重失衡，《丰裕社会维持原则》以婚姻为立法根基，所有年满三十五岁没得到女性青睐没步入婚姻的人，都会被送到沙漠组成匮乏社会，留下更多的资源，组成丰裕社会。[1]

这样的背景假设作为今日世界常识的人类的现代生活方式和治理方式均全部失效，人类曾经抵达的文明巅峰已化为末日废墟。如此设定使得小说像是一个带有恶托邦色彩的科幻小说。但是李宏伟的小说在文体和文类上一直有着似是而非的不确定性。通常说来，典型的科幻往往有明晰的知识铺垫、理论假设作为支撑，即便是那些称之为软科幻的作品，其背后也潜伏着较为明确的人文社科理论作为叙事基础。换而言之，知识、理论在这些文本中是叙事动力，并在一定程度上决定了叙事的走向、结构和基本形态。而《引路人》这样的作品除了表明故事发生于未来的某个时空外，其故事的进程、旨趣和构成要素没

[1] 李宏伟:《引路人》，北京十月文艺出版社2021年版。本文凡未注明出处的引文皆引自该书。

有再与所谓的“科学”发生任何逻辑联系。恰恰是我们熟知的各种现实状况、因素的变形和组合造就了这个全新的故事。小说中提及的资源匮乏、环境污染、阶层区隔等社会问题不正是遍布全球的当代世界基本症候吗？所以，小说中经常被提及的“旧文明时期”更接近于今日世界的基本状况，而“新文明时期”无非是前述各种症候恶化的结果。所以，不妨把《引路人》视为李宏伟对今日世界现状进行推演和想象的结果。因此，“旧文明时期”与“新文明时期”之间的分野，其实是现实与虚构之间边界暧昧的表征。这种暧昧来自作家行使“虚构”特权时欲盖弥彰的说辞。或者说，在讨论小说介入、描述当代世界的潜能时，在某些情境下，“虚构”一直就是必不可少的伪装和托词。同时，与“旧文明时期”有关的话题不断在“新文明时期”中被批判，这固然是在为末日场景追溯作为原罪的昔日繁华，却产生了在废墟之中怀想盛世的反讽意味。因为在旧时光与新世界之间，新与旧只存在时间的线性关系，在价值等级关系上却是暧昧的。面对未来的不确定性，新世界可能是旧时光的改头换面，而旧时光也可能是绝望的新世界对往昔岁月的美好重构。

阿特伍德的《使女的故事》也涉及类似的问题。在这部小说中，新的社会治理方案中的一项主要举措亦与女性相关。通过对《圣经》宗教激进主义式的解读，“基列国”对有“道德原罪”的女性进行甄别和惩罚，有的被当作“有用的容器”成为权力阶层繁衍后代的工具，有的则被流放至“隔离营”承担苦役。“隔离营”之于“基列国”，正如“匮乏社会”之于“丰裕社会”。阿特伍德把蕴含于1980年代美国社会中的某些现象、趋势进行推演和组合，编织出一个新的故事。于是，1980年代的美国历史便成了恶托邦的基本背景。阿特伍德之所以要虚构这个在22世纪末被讲述的1980年代的故事，是因为相对于关于未来的远忧，阿特伍德更担心现实隐患随时可能转变为真实动荡。对此，阿特伍德曾说：“只要有相应的土壤和环境，任何事都可能发生。”[1]

虽然《引路人》亦事关“土壤”和“环境”的描述和想象，李宏伟却表现出其独特、偏执的美学趣味。在虚构范畴内讨论基于现实某种情状的推演，或者说现实碎片的变形、重组，往往意味着这些内容与现实的具体性存在某种对应。正如阿特伍德极其坦率地指出《使女的故事》与1980年代的美国历史状况之间的关系。面对虚构，将其内容还原至现实的某个具体层面，是常见的阅读、思考路径。但是李宏伟的写作却始终有着努力摆脱具体性干扰的内在挣扎状态。在《引路人》和他的大部分作品中，国家、种族、事件、人物、组织、机构乃至地理空间等容易引发联想、对应、还原等思维的具体性信息常常是缺失的、模糊的，从另外一个方面来讲亦是抽象的、形式的。这来自一个有强烈的现实忧思却对“虚构”的潜能葆有极度热忱和

[1] ［加拿大］玛格丽特·阿特伍德：《使女的故事》，陈小慰译，上海译文出版社2017年版。

信任的作家的内在的紧张感。他固然了解虚构与现实之间种种暧昧的游戏，亦能警醒到：那些容易引发联想、还原、对应思维的具体性对“虚构”其实是一种伤害，它们之于“虚构”亦是某种讨巧，它们借助读者“再创造”的惯常思维转嫁了作家本应依凭虚构本身的力量所做出的建设性引导。换而言之，李宏伟在意的是虚构内部要素扩容、扩张的限度和可能性。在虚构过程中，李宏伟常常需要某个实体来执行具体功能，却又最大限度地阻止这个实体被过于具体地对应于现实。比如，在小说中，他需要“文明延续协会”这样的虚构实体来执行国家、社会的治理功能，却又需要及时阻止类似的机构、组织被对应、联想、还原至具体的现实所指。具体性固然可以在虚构之外引发丰富的联想并指向纷繁的现象，却始终无法解决虚构自身的问题，即虚构的力量首先来自其内部各种因素的张力反应。所以，不妨把李宏伟的“虚构”视为叙事实验室：再丰富、再惊奇的具体性经验也需要经过语言、文体、风格、结构等形式的各种试炼，如同不断调整实验参数对实验样本进行各种测试。这其实是一个涤荡浮华表象、寻求具体性背后的支配法则及其意义的过程。所以，李宏伟的小说虽然从不缺乏精细的语言、充沛的细节、迷幻的情境以及动人的情节，却始终弥漫着某种难以言传的形而上的智识氛围，相应的是，叙事者对叙述对象那种热切关注却又冷静疏离的态度。在这种分裂却冷峻、自洽的叙述腔调中，建构理想叙事原型与探究支配法则及其意义这两种过程相互试错、彼此交织，造就了一种抽象的具体与具体的抽象相交织的美学质感。这里无意暗示哲学专业教育背景使得李宏伟把虚构当作一场哲学追问，但需要强调的是：与其急于分辨不同的思考/写作形式的传统边界，倒不如在某种含混、暧昧中去发现，李宏伟如何试炼虚构的边界和潜能，并重新定义虚构与现实的关系。

二、“洁净的语言”

> 她一边看一边译出——名称：使者；方位：西线以北；目的：收割；限度：三十；流程：跟进。
>
> ……训练结束以后，第一次收到专项命令……内容简单，但指派任务难度不小：她必须前往西线，向北深入，实施刺杀……

《引路人》故事始于一道刺杀命令的下达，刺杀行为及其引爆的后果作为例外状态，反倒可以映衬出某种社会形态下国家管理、社会运行的基本逻辑。所以，李宏伟对支配法则和意义的执着寻觅，将贯穿于刺杀行动的始末。

“丰裕社会”生存部勘察员司徒绿接到刺杀指令的那一刻，便意味着社会和谐、秩序井然的面纱将被扯下，“丰裕社会”的真相开始现身。刺杀命令来自潜伏于“丰裕社会”内部的秘密反抗团体“团契”——成员全部为女性，它是女性权益与统治术之间政治冲突的产物。虽说“丰裕社会”的流放政策针对的是男性，但是对被留下的女性而言，却是以性别、身体、生殖功能工具化、物化、政治化为代价的。正是在这样的背景下，指令虽然用了疑似行会黑话的“收割”来指代“杀人”这样的事情，却营造了令人愉悦的正义感。在接受某种立场为政治正确的前提下，政治斗争首先表现于语言的差异和冲突，其中的正义感首先来自共享某种内部语言的快感。

然而，“收割”行动开始后不久，司徒绿便从“男人皆恶”的亢奋的正义感中跌入“强烈的恐慌”：

> “女性会长”“遇刺身亡”……司徒绿再度被迎面而来的信息打蒙。她知道协会对各种信息进行筛查，留下“纯净”“无害”的部分，但她以为那些隐藏的部分已被团契照亮……司徒绿心里涌起强烈的恐慌……

有时候，抽象的价值观大概经不起具体经验的正面撞击。随后的情节也将揭示：“团契”的语言习得自对手，慢慢升腾的反讽将使“团契”的形象从政治正确转向政治阴谋。语言事关言行及其背后的思维。当一个抵抗组织的话语方式开始模仿对手的时候，其言行、思维及其彰显的正义感、道德感在多大程度上异于对手，便成为巨大的疑问。

疑问被证实不一定带来释然，也可能是深深的恐惧。一份报告清晰有力地确认了这一切。这份来自官方的秘密调查报告，不仅含有以批注形式提醒的关于报告内容的信息筛选、阅读权限、审读意见等，还在后面附上了处理意见、领导批复等文件。李宏伟出色地戏仿了官僚语言和行政文书的形式，体现了卓越的文体改写能力。于是，一份枯燥的公文成为信息量丰富的文献，进而被审定为“绝密”。因为它过于真实地反映了“丰裕社会”和“匮乏社会”的基本状况：取消了“国家”建制的“新文明时期”，却以更加严苛的方式保留了“旧文明时期”的“国家”运行所需要的官僚机构、暴力手段、文牍形式和语言等，只不过这些旧事物都被语言描述、塑造成其他事物的样子，看上去邪恶而荒诞。比如，行使国家功能的机构被称为“文明延续协会”；公职人员被称为“会员”并设立科层等级和信息获取权限；“净化方案”被用以指代消弭异端言行的强制措施。类似种种并不指向具体的情境和事例，而是揭开了现代社会某种根深蒂固的文化症候：知识和语言不是让世界的复杂和暧昧变得清晰、透明或趋向可知，而是让世界变得愈发幽暗、神秘，成为掩盖真相和真理的技术手段。报告中有一处批注，协会禁止使用“统治”这个词语而用“管理”取代之，正如司徒绿接收到的刺杀指令里用“收割”来指代杀人。

①指导员注：这一句的意思不明朗。“统治”不知道

是否为报告者生造？查遍词典都未见到收录。假如“统治”与我们所用的管理相近，这句话将不可饶恕。

审查员注：新文明时期，“统治”概念及其所指就已经消亡，协会作为暂时机构，只是受委托，根据《丰裕社会维持原则》，根据大多数意愿进行管理。“统治”作为生僻词也早已经被从词典清除。这里的要害不是这句话，而是报告者从何知道这一死词？从他对这个词语的运用来看，显然完全掌握其含义与用法。建议依据整个事件的调查结果，判定这个词语的污染源。如证实来自报告者的丰裕社会教育与经历。则需再一次根据《原则》启动“第三净化方案”了。

对比原有词语与替代词语：前者代表了那种带有意义、价值、情感倾向的词汇，这本是语言在交流中的正常状态；而后者则是宣称中立、客观态度的描述性技术词语或专业术语。当前者被视为“已经从词典中清除”的“死词”“生僻词”“污染源”而禁止使用时，“技术统治”彻底垄断一切的社会景观便出现了，首先表现为齐格蒙·鲍曼所说的“语言世界的‘自我纯净’和‘政治卫生’”[1]。这里不是要谈论某个类型的知识及其语言的具体功能，而是强调知识/语言与权力捆绑之后，对意义、价值多元的

[1] ［英］齐格蒙·鲍曼：《现代性与大屠杀》，杨渝东、史建华译，译林出版社2011年版，第37页。

压制和排斥，这最终导致关于“唯一”真相或真理的绝对尊崇。很多时候，“唯一”和“谎言”只是描述某种处于宰制地位的语言/知识的同义词。“谎言”成为“信仰”，便是人类用语言为自己挖掘深渊的时刻，在幻觉中迷离狂欢，以为将纵身自由的海洋。所以，也就不难理解，身处“匮乏社会”的人何以会说：“在我们认识中，匮乏社会是丰裕社会的提升，是丰裕社会金字塔的最尖端。作为丰裕社会基石的种种规章要求，在这里当然得到更加严格的执行。”

加拿大政治学者约翰·拉尔斯顿·索尔在讨论欧美社会的相关情况时，曾说：“我们的语言一向被分为两个部分。一是公用语言——数量巨大、丰富多彩、变化多端，多少软弱无力。然后是附着于权力和行动的法团主义语言”[1]……“法团主义语言本身又分为三类：修辞、宣传用语和专业术语——三种用于阻止交流的意识形态工具。很难通过描述将前两者区分开来。修辞描绘的是意识形态的公开面孔。宣传语言售卖修辞。两者的目的都在于使谎言正常化。”[2] 单一的语言意味着定于一尊的价值和秩序，它可以随意涂改任何在权力辐射范围之内的事物及其意义。正像调查报告中披露的那样，“匮乏社会”中所有的荒诞、残忍和不伦的事情，都在“洁净”“净化”“互助公社”“互

[1] ［加拿大］约翰·拉尔斯顿·索尔：《无意识的文明》，邵文实译，南京大学出版社2019年版，第73页。

[2] 同上，第91页。

助机制”等中性且偏向明亮的词语的重新描述下，成为具有“社会的荣誉感”的历史宏大事件。

由此反观，也就不难理解，何以司徒绿会从正义满怀渐渐陷入怀疑和自我怀疑。

> “我觉得——团契长期对抗协会，可能被同化了，为自己认定的目标，不拘泥手段，因此对内同样有选择地提供信息，以便……以便保持团员的向心力。”这番话说完，司徒绿才体认到，她身上电流般战栗的是震惊，“我觉得——团契也可能不是刻意遮蔽信息，而是对信息分层设级，提高接触的难度。很多信息未必适合所有的成员，需要知道的、应该知道的，经由机缘追索也罢，总会打通关卡，得到它们。”

从语言的纯净和政治的卫生这样的角度来看“协会”对“团契”的“同化”，“团契”就是“丰裕社会”孕育出的私生子，亦可以说是由其种种症候滋养的罂粟花。恰好，小说里提到一种被“滥用如水”的致幻药品——玉髓。单一的语言制造宰制的幻觉，如同廉价的致幻药品生产速食的癫狂，两者和谐地构成一个病态社会的光鲜外表和溃烂内里。后者固然是前者压抑的结果，但又何尝不是某种绝望的无意识反抗。

而在触及这些真相之前，司徒绿正义感的动摇正是从对语言的不信任开始的，即前面引文提到的那种“被打蒙”和“强烈的恐慌”。充满正义感、使命感的司徒绿，无疑是某种单一语言以及意义塑造的结果。所以，在歧义信息、异质事物及其意义的面前难免感到“恐慌”和“打蒙”。作为由被筛选的信息、被灌输的信仰以及虚幻的热情所形塑的组织工具，她的任务本是消除那些歧义和异质，却在与之纠缠、搏斗的过程中面临被说服、纠正的可能。于是，刺杀的过程，亦成为司徒绿对“团契”及其单一语言规训的反思过程。不妨把刺杀行动视为“成长小说”的某种变形，而学习对复杂、多元的语言、信息及其语义关系的思考、分析和判断，是“成长小说”的应有之义。

三、“王国成了废墟”

尽管司徒绿只是一场政治布局中路线和作用都已经提前被规划好的棋子和工具，如同女性只是“丰裕社会”的工具。但是工具人司徒绿依然可以激发丰富的意义层次。司徒绿的成长与语言的塑造功能之间隐喻关系的生成，并非静态展现的结果，而是通过一系列行为来动态建构。如果把“丰裕社会”的核心分区和“匮乏社会”的腹地视为单一语言强势覆盖的中心区域，那么连接两者之间的漫长旅途其实便是远离权力中心的冒险之旅。于是，在这趟旅途中，权力/语言影响力逐步衰减乃至难以覆盖的那些风景、人物、事件将逐渐显露，它们将构成某种抵抗或纠偏的力量。在沉默而具体的真实风景与抽象而空洞的单一语言对抗的过程中，得以窥见真相的裂缝被撕扯得愈发狰狞。所以，司徒绿的一路奔袭，不仅是复杂语义关系生成过程的隐喻；而且推动着文本内部的叙述进程和结构形成：正是因为司徒绿不断地运动，那些风景、人物、事件才得以出现、并彼此关联，从而编织成充沛的故事形态。因此，凭借看似单调的形式功能，司徒绿又成了文本内部结构的“引路人”。

“引路人”司徒绿还把“公路小说”的因素引入了“成长小说”：追捕、逃亡、飞车、枪战……李宏伟的小说从未出现过如此戏剧性的情节和场景。长途奔袭带来的是时空的大幅度扩张，“丰裕社会”的种种颓败景象得以被发现：废弃的工厂、污染的湖、弃船里死因不明的尸首、废弃的城镇和自我流放于制度之外的人，还有随处可见的被铁丝网围起的辐射之地……，皆是“未来、末日影子的废墟”。急速运动与颓败场景的密集叠加，营造了一种诡异的历史氛围，像是关于人类盛世迅速崩塌过程的蒙太奇展示。通常这些场景都处于待发现的蛰伏状态。它们会在动作行为停顿时、事件发展间歇中闪现，仿佛在等待司徒绿从紧张的动态中分神时的惊鸿一瞥：那是颓败的风景欲言又止的美学时刻。

> 钢铁厂就像个巨大的独立王国，现在这个王国成了废墟，但还保留着遗骸……

……

钢铁厂又像史前巨兽的家园。不要说冷却塔这样庞大得超过几栋楼的食草动物——当它在地震作用下，轰然倒塌，主要由砖与混凝土组成的部件散落开足有几百米；就是那些纯由钢筋铁骨构成的高炉、焦炉等肉食动物，当它们翻滚在地，钢铁的身躯撕扯着破裂、扭曲着散开，那巨兽遗体般的现场，更加动人心魄。

……

小允的表情，那单纯的思念，眼神中对钢铁厂与世界悄无声息的安慰，让司徒绿心疼。她相信，如果每一张画都存下来，如果最终将它们归并在一起，这钢铁厂一定会在某个清晨，当月亮在晨曦中隐匿身形时，听从少年的一声口哨、一个手势，猛然收拢地上四散的身体站起来，抖抖身上的皮毛、甩去时间的残渣，拿出百分之百的精神，迈开大步跑起来。

沉默的风景，散发鬼魅的气息："王国成了废墟"，这大概便是今日世界在未来可能的样子。或许还能在"遗骸"中辨识出昔日盛世的气象，可是那些蛛丝马迹无非是在提醒未来景观是历史幽灵持续建构的结果。所以，有些一闪而过或云淡风轻的风景其实是历史的罪和恶在肆无忌惮地飘荡。

司徒绿顺着老人的目光，看到远处两座巨大的烟囱，其中一个正冒青烟。

这家名为“玉热疗养院”的地方，其实是对罹患重症而无法救治和救治成本过高的病人强制进行安乐死的机构。由此，也就不难理解何以烟囱是一道令人惊悚的风景。据说这项政策还会推广至“丧失劳动能力或超过一定年龄的人，无论有病与否。”这种情况可以获得冷静的理性解释：“他活下去毫无价值，他能做的唯一贡献，是以死为世界节约资源……反正只要他有所信，就可能带着信念，快乐地死去。至少死得安心。”现代理性中关于身体、生命处置的物化、技术化功利思维已是常识，大部分时候，难以让现代人产生包含道德检视和共情张力的危机意识。但是，这些思维在遭遇阿特伍德所说的“环境”和“土壤”时，即那些构成现代生存境遇的基本要素及其可能的变化，那些我们自以为已经摆脱的历史梦魇会再次呼啸而来。社会学家齐格蒙·鲍曼曾描述过一段真实发生过的历史片段，与之非常相像。

在创建者的秘密会议中，他们称呼自己为“安乐死所”，然而在范围更广泛的场合下，他们使用欺骗性更强、更使人迷惑的“机构护理”或“转移病人”等慈善基金会的称呼——或者使用温和的“T4”的代号（源自柏林的提尔加藤大街，是整个屠杀行动协调办公室坐落的地点）。[1]

尽管小说已经假设目前我们所知的现代生活方式和社会管理制度已经失效，但是“文明延续协会”所推行的人类自救制度无疑还是建立在精心设计的现代性技术统治思维之上，如鲍曼所总结的那样：“现代‘园艺’国家观，将它所统治的社会看做是设计、培植和喷杀杂草等园艺活动的对象。”[2] 只需要一个合情合理的“土壤”或“环境”变量出现，比如资源紧缺，以理性和技术抽空道德关切与生命意义的资源节约计划注定会出现。在这样的事情未变成切身体验之前，它会一直被默认为是维持社会正常运转的合理手段。就像小说里提到的一个计划：

> 我的左手是“行者计划”，计算模型下，大概率的光明前景在等着。只不过要先穿过深重、绝望的黑暗，将现有绝大部多数人流放至死亡的领地。

这句话又被一个人翻译为：

> 为此，必须抛弃绝大多数人，让他们进一步作出牺牲。

[1] ［英］齐格蒙·鲍曼：《现代性与大屠杀》，杨渝东、史建华译，译林出版社2011年版，第90页。

[2] 同上，第17页。

因为要发展……甚至有人提出并得到不少附和——以大规模的屠戮，让现有的百分之九十的人尽速死掉，以节约资源。

前者是以科学运算作为保障的人类拯救计划，而后者则是在语言的惯性下稍作修饰的真相陈述。两相对比，则不难发现：所谓“发展”无非是关于权力和秩序的语言修辞；在这样的前提下，“牺牲”与“屠戮”是关于一种技术手段的两种截然不同的说法，前者是服务于“光明前景”的道德美化，后者才是语言和技术的发明者、使用者所试图掩盖的真相。鲍曼基于历史经验做出的理论寓言在这里也就成了再次实现的预言：文明持续协会治下的人类社会，总的来说，就是视为一个需要设计和用武力保持其设计形状的花园（一种园艺形态，将植物划分为需要被照料的“人工培育植物”和应当被刈除的杂草）。[1] 这便有了需要培育的“丰裕社会”和作为杂草的“匮乏社会”的区分。这样的区分使用了生理年龄和婚配状态等“自然”标准，虽说看上去多少有着道德和人性的意味，但是依然逃不过技术手段的操纵。

“江教授，你告诉我，是不是协会控制了男女婴的出生

[1] ［英］齐格蒙·鲍曼：《现代性与大屠杀》，杨渝东、史建华译，译林出版社2011年版，第25页。

比例，让女人越来越少？”

江教授停住脚步，站在那里，许久许久都没说出那个字。

提问者就是那份“绝密级”调查报告的作者赵一，他后来成为“文明延续协会”的会长。而保持着意味深长的沉默的江教授其实是潜伏于“匮乏社会”的协会会长，正是他事后将调查报告定性为“绝密级”，并批示待赵一年满35岁之后将其流放至“匮乏社会”。彼时的赵一只知道江教授的公开身份是“匮乏社会”的精神领袖，并受命监视他。这样的对话场景透露着邪恶的气息：只有看见语言背后真相、发现技术背后秘密的人，才能洞察这个社会的运行规则，而那些发明语言密码和将技术伪装成社会需求或自然原理的人，会通过语言迷宫的制度化和技术控制的隐秘化来杜绝前者出现的可能性。从这个角度来看，区分出来的“匮乏社会”其实就是个谎言：利用语言和技术制造了一个惩罚式社区，即一群被定义为无用的人被流放于被废弃的自然，其实只是为了反证支撑“丰裕社会”运行的制度设计的合理性合法性。区分的目的在于制造他者、定义自身，区分原则的逐级向下细分，也只是语言更新、技术升级的程序化操作而已。正如协会在人类社会内部区分出“匮乏社会”这种杂草之后，可以继续在“丰裕社会”内部区分出那些病变为“杂草”的“丰裕社会”良民，而以资源紧张为理由的总体原则从未改变。因为，每一次原则逐步细化、下沉及其触发的刈除杂草行为，其实都在论证、巩固、强化初始权力和秩序的政治正确性，直到语言寻不到修辞对象、技术发现不了实施目标，整个社会崩塌为废墟。

通往废墟的死亡之路，未必相同。《引路人》中还出现了一个奇异的社区，西线。“整个西线都是放纵之地，一块恣肆妄为的两边都不统辖的飞地。”那些看清真相而又无心或无力反抗的人来到这里纵情声色，直到耗尽最后的精力和财物。

> 大多数的放纵和大多数人的放纵，都只通往一个去处，死亡。
>
> ……
>
> 死亡。你看看这些年轻人，除了死亡，还有什么别的资本？除了死亡，他们也得不到更多快感。他们费劲周折，来到这里，带着全部的身家，甚至父辈的家当，买下酒精、烟草、毒品，买下最便捷的刺激物，躺在帐篷里，躺在阳光下。尽情享用，享用完毕就去死亡，这就是在抵押死亡、享受死亡。

如果说，“丰裕社会”中被指定人生注定是一种按部就班的技术性、计划性死亡，那么“匮乏社会”的人则是已经被制度宣判为非人的行尸走肉。面对殊途同归的被动性死亡，“抵押死亡、享受死亡”反倒成为有着自由选择维度的向死而生。不管这选择的空间有多么狭窄，至少在主宰自身实现肉身欢愉的时刻，他们完成了与死亡、恐惧和痛苦的平等对话和交换，甚至是超越。所以，面对“丰裕社会”和“匮乏社会”的夹击，作为纵情狂欢之地的“西线”竟反讽般地成为生机勃勃的“死亡之地”。死亡固然是一切的终结，然而死亡或如何死亡却构成了审视如何生活及其背后社会制度的镜像。

无疑，死亡亦是开启叙事的一个维度，如阿特伍德所说那样：“所有的叙事性写作（甚或所有的写作），其深层动机都是源于对死亡的恐惧和痴迷——作家们都渴望冒险去地府，然后从死者的手里带回某些东西或某个人。”[1] 当然，她的意思是说，那些弥足珍贵的记忆和精神经由写作保存下来，使得它们能够参与我们当下的精神生活：“死者可能保管着宝藏，但这些宝藏必须带回人间，使其再次进入时间——进入到观众、读者的世界，进入到变化发展中的世界，否则他们毫无意义。”[2] 与死者交换，需要献祭生者的“生命、牺牲、食物和死亡”[3]。但不妨将阿特伍德的观点再引申一下：有一类作家会像鲍曼那样的思想家一样思考，总在担忧在过往的历史中那些我们以为已经消

[1] ［加拿大］玛格丽特·阿特伍德：《与逝者协商》，赵俊海、李成文译，中国人民大学出版社2019年版，第167页。

[2] 同上，第190页。

[3] 同上，第174页。

失实则是在沉睡的恶魔随时可能在当下和未来苏醒。所以，他们有强烈的生存危机感，他们的写作就是要在周遭世界的“生命、牺牲、食物和死亡”中辨认出历史的恶魔和创伤，以提醒可能降临的末日。

在这些场景中，李宏伟写作的一些美学特征充分体现出来。他偏爱工笔般的静态描摹，冷酷的思辨语言交织其中。他虽有敏锐的观察能力和批判意识，却从不正面冲锋。赤身肉搏、电光石火固然能体现英雄的豪迈，但是在庞然大物呼啸而来的飓风中，所有的星火都逃不过瞬间寂灭、了无痕迹。所以，他更愿意模拟一个平行宇宙，排除枝蔓、杂音和迷雾，把庞然大物具化为具体可感的巨兽，静观凝视，以发现那些不易觉察的溃烂之处，一遍遍预演巨兽崩溃的各种场景。换而言之，李宏伟处理经验的典型方式是：把今日世界的某些状况在整体上挪移至未来时空中进行推演，让蕴含其中的带有表征性的症候在错置的时空中显现、膨胀；由此，他对今日世界的总体性理解，便转变成带有寓言或预言意味的故事。可以说，他的写作更依赖于智识推演和命题思辨，而非倾心于情节编织、事件发生和人物行动。

这在其第一部长篇小说《平行蚀》中已初见端倪，他以梦呓般的语言，描摹了一群青春记忆从历史断裂处开始生长的年轻人的精神肖像，而那些创伤及其发生的过程被远远地推移到幕后。在寂寥的广场上一遍遍宣讲故事本身，并不能阻挡遗忘的速度，飘散的魂魄只有流徙于精神的森林中才有重新扎根、野蛮生长的可能。到了第二部长篇小说《国王与抒情诗》的时候，他以戏仿科幻和悬疑这两种类型小说的形式开场，让人以为这将是一部奇观和传奇不断上演的小说。然而这部小说所表现出的气势磅礴并不来自事件的铺排和人物的剧烈行动，而是小说主角持续不断地抵抗无物之阵的同化、控制所掀起的内心风暴。最终，这种精神奔涌化为关于“寻找”和“召唤”——有着充沛情感、丰富智识的人类抒情史诗——的象征性行为。这些抒情的碎片弥散于无物之阵的空间，感应着风暴中心向心力的召唤，以期生成浑厚恢宏的精神巨像与庞然大物对峙。李宏伟对智识和思辨的迷恋在他的第三部长篇小说《灰衣简史》中继续深化。本以为这位21世纪的梅菲斯特会像他的浪漫主义原型那般，带领读者纵横时空，借以展示当代世界光怪陆离的社会景观。然而，李宏伟还是最大限度地省略了欲望实现的戏剧性过程，把叙述导向关于欲望及其多种面相的辨认、评价和溯源等，他甚至重述了《创世记》的故事，在一切的源头，与“神”展开了一场注定没有答案，也无法终结的质疑和问询。

可以说，一直以来，李宏伟的目光总是绕过事件、行动的猎奇和喧嚣，而试图探索这些表象背后的神秘驱动力量，并在自设律法的宇宙中不断演绎它们的张力关系及其可能的前景。盛世、末日，抑或毁灭、重生，都是关于现实秘而不宣的寓言或留待未来证实的预言。

四、“超级英雄”

司徒绿终于与刺杀目标相遇。诸多疑团有待揭开，于是最后一击被无限延宕。首先解密的便是，她的收割对象竟是“文明延续协会”会长赵一，恰恰是他本人指派“团契”派遣新人来刺杀自己。赵一清楚，司徒绿作为新人，在真相密集冲击下所引起的持久“震惊”会与其单纯的信仰、忠诚合力为更加强烈的仇恨，从而会更为激烈地触发最后一击。这依然是傲慢的权力与自信的制度沾沾自喜、志得意满地展现自身的过程。发明语言、掌控技术的人无疑最清楚效力发生的方向、过程和边界。当司徒绿看到“团契”领袖的脸出现在会长发起的视频会议中时，“团契”的秘密也随之解开。所谓敌人或反抗，本就是语言和技术区分、生产的结果，废弃与利用之间辩证关系的运作并不复杂。

种种疑云的飘散，是在君王与刺客的辩论过程中发生的。两种人类拯救方案的极端对立，重新提出了政治决断的道德问题：简单说来，到底是以抛弃道德追问的方式筛选一小部分群体、集中资源以换取人类重启的可能性，还是汇聚人类的个体共同参与自身命运的选择。前者无疑是“精英统治”思维的极端形式，而后者则是“普遍民主”永远无法抵达的乌托邦梦想。在光谱两端之间洒落着种种至今还在现实政治领域和政治学讨论中聚讼纷纭的观念、命题和实践。这样超级庞大的问题自然无法在“虚构”领域中被讨论，但是却可以在抽象的君王与具体的刺客的对峙中造就一个极富冲击力的戏剧性场景，进而揭示我们在政治与道德层面长期“嗜睡”的病症：我们身处的日常世界一直深陷于与政治决断相关的种种道德困境、历史危机的围困之中，所有的政治都与每一个个体息息相关；只是大部分时候，我们浑然不知，也无力、无法参与。我们自身生存境遇的基本状况，其实一直是“在别处”被“他者”讨论、设计、试错、实施的结果。我们对规训和塑造的过程无知无觉，不仅接受了所有结果，而且把这一切理解为生命的“自然”和“人生”的命运。

因此，面对君王的那一刻，“刺客”成为司徒绿“成长”过程中里程碑式的形象：司徒绿清醒地看到，那些束缚着每个个体的粗壮而坚韧的绳索，如何在语言、技术、机构及其运作过程生长、缠绕，并连同它们的发明者、制造者、操作者一起隐身的过程。

所以，司徒绿最终放弃最后一击，是她的彻底觉醒的英雄时刻。按照赵一的设想：这场刺杀行动连同司徒绿所受到的种种“震惊”会被传播出去——事实上，一直有人在通过视频围观两人对峙和辩论——这个社会的真实困境会被整个世界知晓，从而能够让每个人都参与到上述两种方案的选择中。赵一华丽雄辩的说辞掩盖了一个问题：君主放弃政治决断，与把权力让渡给人民从来都是两个层面的事情。按照施密特的界定，政治决断属于主权问题。在赵一宣称放弃政治决断的那一刻，便意味着“文明延续协会”合法性的丧失，至少形式上是如此。但是这里依然存在政治陷阱：倘若司徒绿真的发出最后一击，那便意味着她依然背负着那些绳索在按照既定规划行使工具人的角色，而此后的“文明延续协会”将以另外的形式和修辞掌控人类自决后的世界。事实上，赵一一直在以所谓共同体的命运自决这种幌子来掩饰权力的始终在场及其一如既往的任性。

> “所有人都参与进来，不是一人一票式的参与，每个人的能量当然不一样，甚至很多人根本不知道这个选择的意义，但是没关系，他们的能量会被释放出来，各种能量达成一致、形成平衡，他们指向的结果是最好的选择。”
>
> ……
>
> “呼唤所有人的参与，呼唤他们的能量，呼唤偶然性的楔入。说不定有更适宜的方案，有更具智慧的人，被偶然性筛选出来。同时，不管哪个选择，不管人类将来决定走哪条路，都必须被偶然性先行检验、甄别。”

在这种舞台剧抒情式的说辞中，他既假设了群氓的出现可能导致的混乱，又通过强调个体差异来暗示可能的强力对局势的掌控，于是，偶然性、不确定可能带来的灭顶之灾都被似是而非的“最好”给掩盖了。说到底，在权力暴虐间歇的“贤者时间”里，一切浮夸、空洞的豁达只是为了等待攫取权力的欲望重新苏醒。

仿佛所有的行动只为取消、否定行动。司徒绿在最后关头放弃刺杀，是在即将抵达终点之前对权力的阻止和秩序的中断。在关键时刻，小小的不服从可以引发让庞然大物坍塌的蝴蝶效应。权力的失控和计划的脱轨将引爆种种被压抑的力量，一切将重新变得未知。但无论如何，一场近在眼前的权力和秩序的变装秀被司徒绿阻止了。这暧昧而凝重的结局，无疑是司徒绿理性上关于未来的绝望与情感上关于现实的不甘心之间冲突和交织的结果。就像罗杰·加洛蒂对卡夫卡的评价：“这是一个令人窒息的世界、不人道的世界、异化的世界，然而它有着对异化的强烈意识，也有着一种不可摧毁的希望；使我们透过这个被神奇和幽默弄得支离破碎的世界的裂缝，瞥见了一线光明，也许是一条出路。”[1]“裂缝”与“光明”,“也许”和“出路”这样的词语组合在一起，本身就是个强颜欢笑的悲观结论。

如果注意到在这场辩论中被反复提及的“月球隐士”，那么，《引路人》的底色将显得愈发暗黑。这个故事并不复杂，漂浮于宇宙的“月球隐士”收留了地球上的一个小男孩，这个孩子将在地球毁灭以后重启人类生活。据说这个故事的最初版本来自

[1] ［法］罗杰·加洛蒂:《无边的现实主义》，吴岳添译，百花文艺出版社2008年版，第102页。

叔叔对赵一的讲述，后来成为流传于整个社会的超级英雄故事，或者说创世神话。这则神话的恐怖之处在于，它像极了前述那个大规模人类灭绝计划被浪漫主义美学重新包装后的神话形态。反之，一个包含毁灭与重生的浪漫主义美学观的超级英雄故事被现代语言和技术重新演绎以后，竟显得如此惊悚。童年记忆被改写成救世之道，艰难时世、历史创伤、病态人格共同造就的"月球隐士"是冷血救世主还是浪漫主义怪兽抑或是毁灭之旅的"引路人"，都会让人惊惧不已。

在峻急的生死存亡的时刻，这样一个超级英雄故事居然被拿来与事关人类社会前途的政治决断进行对比，这样的对话本身就是极端绝望导致的极端荒诞的举动，它使得毁灭这样的话题都轻盈得像是一场漫不经心的玩笑。几乎所有的超级英雄故事都是现代生存危机的产物；是人类对各种社会症候深深的绝望和恐惧，被大众文化修辞、改写的结果。倘若不是对种种社会症候及其解决方案极端不信任，经过无神论和科学知识重新构造的现代人，怎么会编织出那种无视一切物理定律和自然规律的现代神话？这些超级英雄代表的正是那种将世界格式化、重新制定宇宙法则的秩序和力量。这种话语一方面源自人类用希望伪装起来的极端绝望，另一方面未尝不是人类生存欲望背后残暴、戾气的集体无意识的体现。将毁灭视同重建的人类自我拯救的幻想，其实一直回荡在并不久远的浪漫主义美学思潮及其潜隐、易容的政治实践之中。

所以，在“月球隐士”成为话题的那一刻，关于未来的一切都隐藏在未知的黑暗中……再次借用罗杰·加洛蒂对卡夫卡的评价：“他的作品表现了他对世界的态度。它既不是对世界原封不动的模仿，也不是乌托邦的幻想。它既不想解释世界，也不想改变世界。他暗示世界的缺陷并呼吁超越这个世界。”[1]这句话同样也适用于评价李宏伟的写作，只是“超越”这个词语太暧昧了，太像一个闪烁其词的政治决断了。

值得一提的是，施米特在九十年前就曾经设想过《引路人》里的一个基本假设：“如果一个‘世界国家’能够把全世界和全人类都包括在内……这样一个囊括了全世界的经济和技术组织所具有的令人惊恐的权力会落在哪些人的手中。”坦率地说，施米特并不关心具体的“哪些人”，因为他很清楚，果真如此的话，他所有关于“政治”的判断和推演将统统失效，所以，他给出了一个抽象而反讽的答案：“所有这些猜想都将导致一种对信仰的人类学表白。”[2]或许可以说，人类本身就是一则虚妄的神话。所以，《引路人》的最后一句显得意味深长：

那一刻，月光如水，干净整个大地。

---

[1] ［法］罗杰·加洛蒂：《无边的现实主义》，吴岳添译，百花文艺出版社2008年版，第106页。

[2] ［德］卡尔·施米特：《政治的概念》，刘宗坤、朱雁冰等译，上海人民出版社2018年版，第70—71页。

请在这里刹住审美惯性，抑制抒情，正视写实的力量：这或许是“月球隐士”投向地球最后的睥睨，那时候，地球无比空无、洁净，一贫如洗。

（原名《盛世废墟与浪漫主义怪兽——读李宏伟〈引路人〉》，刊于《扬子江文学评论》2022年第2期，收入集子时，文字有所改动。）

记忆的废墟和历史的纪念碑

一

常克勋是新中国成立后第一批北疆开拓者，他退休后患了阿尔茨海默病，他在恍惚间的自言自语被孩子录音并整理成“榻上呓语”，这些“呓语”便成了有待解密的意义迷宫。与此同时，常克勋在患病之前未完成的自传提纲中留存下了只言片语，这些简略的句子又成为有待拼贴的记忆碎片。由此，本该被直观呈现的、被激荡的历史进程所塑形的常克勋复杂的人生经历便坍塌为语言和意义的废墟。当他的孩子在这些语言片段的指引下，重访父亲曾经生活、工作过的地方时，一场在语言和意义的断裂处挖掘、重建记忆宫殿的追寻之旅也就开始了。这便有了老藤的长篇小说《北地》。随着常克勋辗转于北地各处主政，《北地》的叙事亦随着地理空间的转化而推进。因此，对常克勋言行、事迹的追述便成了一个将历史进行空间化展示的过程。

对此，历史学家阿莱达·阿斯曼有过非常形象的说法：

> 编年史成了历史的地形学，而历史可以通过漫步来一步步走过，可以一点点在当地解谜。[1]

“漫步”就是在地理空间中寻找历史的痕迹/遗迹，而“解谜”正是将历史的痕迹/语言的碎片还原成完整的传记/正史。所以，《北地》的叙事便是从那些遗迹开始。很多时候，那些可以激活记忆、唤醒意义的遗迹本就是曾被语言/意义塑造过的人造之物。或者说，遗迹、旧物、废墟不就是有待“解谜”的语言碎片、意义迷宫吗?

二

《北地》的故事始于一座山和两座墓碑。

> 格拉秋农场是老爷子1958年转业后的第一站，和北地其他农场一样，当时都是白手起家。[2]

---

[1] ［德］阿莱达·阿斯曼：《回忆空间：文化记忆的形式和变迁》，潘璐译，北京大学出版社2016年版，第359页。

[2] 老藤：《北地》，人民文学出版社2021年版。本文凡未注明出处的引文皆引自该书。

从抗美援朝战场归来的常克勋在格拉秋上修建了“十八烈士墓”，里面埋着在长津湖战役中牺牲的十八位志愿军烈士的胸章，他们是常克勋的战友。于是，“墓碑”成为常克勋“白手起家”人生新起点的隐喻。从铁血战争到和平建设，是国家宏大的历史进程的转折点；从战场到农场，是个人身份和职业生涯的转变。于是，“墓碑”不仅意味着正史新幕的开启，而且意味着个人传记的新开端。“墓碑”在这里不仅是国家历史与个人传记关系的见证者和承载者，其实也体现着各种价值的张力关系，比如，死亡与新生，哀悼与希望，个人与集体，私情与共情……

所以，《北地》的开头颇具有象征意味，重访“墓碑”为了重建叙事的“纪念碑”：擦拭时间的灰烬，辨析残留的痕迹，以复原事件的丰富和意义的充沛。

> 两人离开褚家后，司机问还要去哪里，任多秋说去十八烈士墓。司机摇摇头，说没听说有个十八烈士墓……司机说狍塚啊，在格拉秋山上，那个景点虽然偏，去的人却不少，很多知青回来都愿意到那里参观。
>
> ……
>
> 狍塚旁一个导游正在讲狍塚的来历，两人听了听，与褚三禄所讲出入甚大，年代也提前到了清朝光绪年间。
>
> 两人几乎同时注意到了另一座坟墓，那一定是埋葬着志愿军胸章的十八烈士墓……与狍塚不同的是烈士的坟丘

依然是土封。

现实对历史的遗忘和掩埋，在这里可见一斑。所以，重访“墓碑”不仅仅是记忆修复术，让模糊、残缺的往事变得清晰完整，获得意义的景深；也是记忆挖掘术，重现那些被有意无意遗忘、忽略的过去，让他们重新与现实建立关系。就像这个被很多人遗忘的“十八烈士墓”，重新谈论她，不仅是对现实从何而来的解释，而且是对历史（内在于共和国建设史中的战争与和平的辩证关系）的注释。“修复”是为了把历史残骸、碎片还原为完整的本事、鲜活的生命和充沛的意义，“挖掘”则是要在现实中唤醒被遗忘的历史，重建历史与现实的连续性。

重访狍塚亦是如此。当年，常克勋与同事褚三禄去祭扫十八烈士墓时，被狼群环伺。一群狍子的出现分散了狼群的注意力。结果，狍子命丧狼口，而常克勋和同事得以脱身保命。事后，他们把狍子的残骸埋在了十八烈士墓的旁边。

“为什么要筑狍塚？”

三禄叔未加思索回答说：“没有那五只狍子，坟里埋的就是克勋兄和我。”

这本是个残酷生存和生命平等相互交织的伦理故事。然而这个传统社会主义农场故事却被改写到光绪年间，这无疑是历史被商业消费的时刻。典故化、传奇化其实就是历史本事和意义被扭曲、篡改的结果。所以，正名亦是历史重建的本有之义。

可以说，“墓碑”上的文字、图案乃至裂痕都是历史图景及其意义的缩写或破损。关于其的重新确认和辨识，既涉及历史叙事的终点/死亡与开端/新生辩证法，亦涉及本事和意义的挖掘和重新厘定。这些都将决定接下来的叙述方向和边界。从这个角度来看，墓碑亦是界碑。于是，人生的断裂和修补，风景的消逝和重新发现，记忆的破碎与拼贴，都围绕从墓碑到纪念碑这种叙事隐喻，有层次地搭建起来。

所以，在随后的重访过程中，追忆因公殉职的同事，缅怀那些为信仰而牺牲的年轻人，怀念某些激动人心的共同体时刻……都在凸显小说中的一句评价：“殉道者是一个时代留给未来的舍利子。”很显然，抛开那些需要被检讨的时代局限性，让那些值得被铭记的价值和精神重现纪念碑式的光芒，始终是《北地》的主旨之一。

三

狍冢之于常克勋和他的北地人生还有一个重要意义：它所隐喻的生态关系，将一直贯穿于《北地》之中。因为，常克勋辗转于北地各处主政时，与地理、生态、自然打交道始终是他的主要工作之一。叙事空间的每次转换，都伴随着关于当地风景、物产、习俗的介绍，于是，对常克勋北地经历的追寻便有了人文地理志、风物志的特点。所以，不妨把常克勋的北地经历视为各种生态关系交织的结果。

常克勋北地人生的初始阶段就遭遇了政治气候的阴晴不定。在其调任红花尔基农场后不久，大炼钢铁运动便成为自然生态和政治生态发生冲突的场域。为了保护山林生态，他以学习修建十三陵水库精神为名，带领当地群众去修建水库。这本是缓解政治压力的权宜之计，却对湿地生态造成了伤害。

> 泡子周围有三处泉眼……方圆数十里的汉、满、鄂伦春、达斡尔、鄂温克等各族民众……安营扎寨，饮水钓鱼，祈福祛病……钓到的鱼多是黑鱼……黑鱼泡一带的草地，几乎成了端午节远近民众狂欢的舞场。想想看，泡子里波光粼粼，地上草长莺飞，蓝色的钢笔水花成片绽放，垂钓的人群，白色的帐篷，红色的篝火，飘着鱼肉鲜香的吊锅，这是一幅多么美妙的图画！随着黑鱼泡的消失，这个节日自然消失了，只留在了老年人的记忆里。

风景的变化、物产的消失和习俗的改变，其实就是人、政治和历史关系改变的结果。人的境遇、政治风潮、历史进程三者的相互影响和塑造，其实就是一种生态关系。所以，风景、物产、习俗都成了人物传记和历史图景的内在构成。那个时代有一个常用词语叫“移风易俗”，它不就是关于政治生态和历史表情变化的一种修辞吗？如果从写实的角度而非从隐喻的角度来理解“历史风景”这样的词语，有些场景会更加直观地展现其意义的冲击力。

> 任多秋说：“我们先去‘五七干校’原址看看，看看老爷子当年住过的宿舍还在不在。”
>
> 白猛摇摇头：“别去了，那个院子卖给了私人，现在是一家养貂场，味大。”

后人想参观常克勋曾经待过的“五七干校”，未能如愿。简单的对话却勾勒出极具荒诞意味的素描：规训与养殖的异同，人与动物的对比，革命激情与商业欲望的更替，两种历史生态及其所包含的意味叠加于现实场景之中。更进一步说，历史生态可以决定风景样子抑或有无。所以，段义孚会说：“地图是非历史的，而风景画则是历史的。”[1]

由此，也就不难理解常克勋与他的同事毕克功何以会在改造老街的态度和方案上发生冲突。

> 毕克功有一种二锅头般的民族情绪，认为凤鸣街是白

---

[1] ［美］段义孚：《空间与地方：经验的视角》，王志标译，中国人民大学出版社2017年版，第100页。

河的耻辱，是被殖民的标志，凤鸣街的存在除了做反面教材再没有其他意义。

“文化和经验会强烈地影响对环境的阐释。”[1] 这是人对周遭世界进行判断时所无法回避的。北地作为东北的模糊指代，曾被有过被侵略者占领的历史，并留有日裔、俄裔居留地。所以，“历史创伤”和“异国风情”（小说原文使用了“异域特色”这个词语）这两种冲突的意识形态认知会落在同一片风景上。前者是以真实的历史经验作为基础的文化隐喻；而后者是以审美作为包装的经济诉求（旅游开发和招商引资）。两者分别代表了不同的历史生态中所孕育出的不同的政治正确，难以进行调和。所以，有的风景就消失了，正如常克勋的老同事毕克功最终拆除了凤鸣街。

有类似经历的地方在城市化进程中常会被这样的问题困扰。但事情的暧昧之处在于：尽管常克勋对此保持着反省和惋惜的态度，但是这并不意味着毕克功就完全错了。因为，不管“历史创伤”与“异国风情”在具体情境中的冲突有多么激烈，它们却都能在更深广的历史语境中——在驱动1980年代以来历史进程最根本的意识形态，即“改革开放”“经济建设”中——找到支撑。后者固然与“开放”直接相关。然而，创伤的疗愈或

[1] ［美］段义孚：《空间与地方：经验的视角》，王志标译，中国人民大学出版社2017年版，第45页。

解决却同样是“发展”的动力。所以，凤鸣街的存在或消失充满了偶然性，这是由意识形态的复杂性所决定的。或者说，风景的暧昧其实就是历史生态的暧昧和复杂。

然而有的风景注定会消失，因为它的消失本身就是历史生态自我更新的代价，不管它曾经多么迷人、壮美。铁西曾是北地最重要的工业基地，但在1990年代中期工业结构调整和经济体制转型中，它原有的功能和角色都将烟消云散。所以，关于它的重访是一种挽歌式的怀旧。

> 改行当年，……铁西有33根高高低低的大烟囱，夕阳西下的时候，这些冒着白烟的烟囱是一道不错的风景，因为阳光能把白烟染成金色，尤其寒冬季节，这图景给人无尽的温暖。但很快这些烟囱一根接一根倒下了，就像被割倒的高粱，倒下的烟囱无法再给夕阳配图，真后悔当年没买个相机把那个景象照下来，现在惋惜也没用。

林立的烟囱代表着工业时代的强力和繁荣，巨量的白烟是时代巨大气魄的象征，壮美的夕阳则是那个年代革命浪漫主义的余晖。这种典型的工业时代风景，曾是一个地方全部意义的表征。所以，它在消失于现实中后，依然会一遍遍地浮现于亲历者的回忆中，并伴随着浓郁的感伤和失落。旧风景被新历史覆盖，见证这一切的人是需要被理解的。所以，曾有过传统社会主义经验的俄裔美国学者博伊姆会说：

> 这是对于某种具有集体记忆的共同体的渴求，在一个被分割成片的世界中对延续性的向往。在一个生活节奏和历史变迁节奏加速的时代里，怀旧不可避免地就会以某种防卫机制的面目再现。[1]

但是，她同时也提到：怀旧“诱引我们为了情感的羁绊而放弃批判性思维”[2]。确实，怀旧的风景和记忆都是虚构，需要经过涂改和增添。就像那幅风景画里的白烟，它所呈现的情感效应和视觉冲击力，无疑是以审美性掩盖了其污染性的结果。现实有时会反向测试记忆，这是一个祛魅的过程。如今“白烟”的秘密已是常识：所谓白烟其实是视觉效果，实际上是脱硫产物，含有大量的硫酸盐、脱硫剂，还有一些氯离子、硝酸盐。也就是说，这些白烟构成成分绝大部分是PM2.5，是空气的重要污染源，也是导致雾霾的主要原因之一。[3] 所以，《北地》的可贵之处正在于：尽管这风景属于某一群体的特殊记忆，

---

[1] ［美］斯特兰维娜·博伊姆：《怀旧的未来》，杨德友译，译林出版社2010年版，第6—7页。

[2] 同上，第8页。

[3] 参见雪萍：《厂里大烟囱冒的白烟到底是什么？有没有危害？》，北极星大气网，2018年1月27日：https://huanbao.bjx.com.cn/news/20180127/877166.shtml。

但小说叙述并没有被这种怀旧情绪牵引，在表达共情之理解的同时，亦借助其中一个人物之口说出了“故事很文学”这样的话，以与前述引文所涉及的风景和故事拉开审视的距离。由此，那些被虚构和抒情包围起来的风景细节才能获得更为冷静的审视。

在这段引文后面，亲历者继续描述了那些烟囱被爆破的细节。那些曾经被刷在烟囱上的标语也随之灰飞烟灭。比如，“工业学大庆”“农业的根本出路在于机械化”……这些标语既是真实历史事件的浓缩，亦是具体历史阶段时代精神的体现。所以，风景坍塌的过程，成了历史完成自身使命逐渐退场的隐喻。这些表征历史的文字的破碎和坠落，就像是蝶变、蝉蜕，是一种历史生态更新时的自我扬弃。所以，风景的坍塌并非历史成为废墟，只是在尚未充分展开的历史语境中，没人知道在历史的地基之上将会出现怎样的风景。就像没人知道这并不尽如人意的铁西现状最终会被怎样重建，铁西的上空又会升起什么文字排列出怎样的形状和意义。

四

不难看出，老藤写作《北地》的意图在于共和国史的重述，因为不管对共和国第一批建设者的生平做出怎样的复原和评价，一旦涉及语境、背景，作者都无法回避关于新中国成立以来历史进程、社会发展的描述，而这样的描述本身就包含了观念和态度。很多具有宏大的历史诉求的现实主义写作都采取了类似的方法，即通过对历史人物原型或虚构的历史人物的生平描述，来完成关于历史的想象和评价。这种正面强攻的叙述，不管叙述人称如何变化，其实都隐藏着一个上帝视角对人物、事件、背景的整体统筹，这样视角本身就宣告着一个并无多少张力空间的意识形态评价。很多类似的现实主义写作之所以显得乏味、单调，正在于意识形态被呈现为单调的设计和说教。正是对这个问题的警醒，使得老藤的写作做到了同中求异。所谓“同”指的是，《北地》无疑是一部弘扬主旋律的现实主义长篇小说，老藤始终以政治正确态度来对待新中国成立以来的历史进程。这是这部作品的底色。所谓“异”则是指如何在尊重历史的复杂性的前提下来讨论政治正确。需要强调的是，这里并不涉及关于共和国历史评价的具体观点和对错分歧，而是讨论小说写作中可能的历史叙述方法。

老藤的主要描述对象常克勋在现实中已经丧失了大部分的言语、思维和行动能力，这对小说叙述来说是一种隐喻，即历史在现实中缺席。所以，《北地》的出发点就是要在现实中寻找历史的痕迹，重建历史与当下的连续性。与这种缺席相对应的，老藤放弃了正面强攻的手段，而是采用了更为复杂多样的手段去重建在当下认知中已显缺席的历史景观。随着叙述的铺展，常克勋留下的语言碎片逐渐被传闻甚至是谣言、亲历者的口述和回忆、报纸、照片、录音、信件、物品、遗迹等事物包围、充实。它们既是存储历史记忆的媒介，又是历史记忆被呈现的结果和形态。历史记忆的媒介与形态之间的关系，如同叙事手段与故事形态的关系。所以这些不同的记忆形态所包含的信息和意义并不一致，它们之间相互修正、补充，也可能彼此消解、证伪。但正是在这种意义的张力关系中，当下与历史的连续性得以重建，历史的复杂性亦得以生成。而历史复杂性、多样性与政治正确并不总是冲突的，两者之间的平衡和协调才是出色的主旋律作品散发强大的说服力和充沛的感染力的主要原因。

小说里的任多秋就是一个承载政治正确与深刻反思之间张力关系的功能性角色。他是京城某大报的退休记者，是常克勋传记的执笔者，陪伴着常克勋的儿子常寒松寻访那些旧地旧事。他的职业身份使得他一直在执行某种功能，即为那些重新发现的事件提供历史语境、彼时的政策内容和制度执行、理解角度等方面的背景信息。所以说，倘若把常寒松视为事件的探矿者和寻宝者，那么任多秋便是绘制矿产、宝藏意义地图的人。更进一步说，因为血缘关系，常寒松在某种程度上可以被理解为历史的当事人，而任多秋才是那个相对冷静的旁观者。两者在身份、功能之间的差别和距离，便是反思流动的空间。

但是，还需要考虑到被重现的事件中还有部分亲历者在世。如果把当事人理解为叙事意义上的主角，那么，亲历者就会被视为叙事意义上的配角。这些配角本拥有自己的经历和历史，却只能活在别人故事的注释里，像是充满反讽意味的历史幸存者。亲历者重新讲述自己在那些事件中的言行和意义，其实是作为旁观者的自己在讲述作为当事人的自己。这里再次形成一种反思空间。所以，在多重的当事人、旁观者、幸存者之间，各种话语关系叠加着层层反思空间，事件的多面性和评价的多样性在其中交织。这种多样性在小说叙述中又以田野调查、人文地理志、游记、口述史访谈等多种文类形式表现出来。

简而言之，长篇小说《北地》根据一位失智老人的只言片语，追溯、还原了他作为共和国第一代东北拓荒者波澜壮阔的一生。从生理意义上的阿尔茨海默病到现实中的物是人非，如何在这些记忆的废墟之上去勘探、重建记忆片段的残缺、模糊与历史的连续性、总体性之间的复杂关系，是长篇小说《北地》对史诗型现实主义写作难题提出的挑战。老藤调动、借鉴了丰富的文类形式，以追寻和重访作为叙述动力，让这些思绪、情感、记忆的碎片逐渐串联、扩容、互文从而编织成充沛的故事形态。东北地理生态史，东北社会变迁史，共和国开拓发展史等多重历史图景之间的张力关系，亦在叙事的过程中逐渐丰满起来。于是，对一个人的生活史、精神史、奋斗史的复原和展现，也就成了对多重历史图景相互辉映、共同成就的过程的回顾和展望。可以说，老藤以极富创造性的方式探索了书写现实主义史诗的新途径。

（原名《记忆的废墟和历史的纪念碑——老藤〈北地〉与现实主义的可能性》，刊于《当代作家评论》2022年第1期，收入集子时，文字有所改动。）

文学青年编年史

一、关于“文学青年”

从洪水肆虐全国的1998年到汶川地震发生、北京奥运会举办的2008年，一群文学青年十年漫游的精神/地理图景构成了长篇小说《雾行者》的主体：他们游荡于广袤的地理空间，亲历过历史提速后的蓬勃、蛮横和牺牲，目睹了复杂的现实与朴素的愿望叠加出的形形色色的人生……这样的经验和图景可以被任何类型的知识体系描述和呈现，同样也可以被“文学”谈论。世界变化的速度和深广度，对包括“文学”在内的任何知识体系的描述和解释能力都是一种挑战。所以，“世界”成为“文学”意象的过程，便是世界的扩张、变化与文学的扩容、重建之间永无止境的、复杂而广阔的对话过程，而那些积极参与这种对话的人将拥有朝向未来的、丰富、辽远的精神世界。《雾行者》在这个意义上成为一部辽阔的精神传记。

因为“文学”本身就是《雾行者》的描述对象，所以在展开讨论之前，有必要对“文学青年”这个称谓所涉及的相关问题进行澄清。因为《雾行者》中的主要人物很容易被贴上“文学青年”的标签，而这种标签在当下中国文化语境中恰恰是个极其暧昧的存在。

尽管“文学”的专业标准及其话语方式在这个时代是面目可疑的，但是这并不影响其凭借残存的话语权威制造对立面以强化自身合法性，“文学青年”在这种意义上成为“污名”的称谓，意味着知识的残缺和品位的浅薄，代表着不被信任的、非专业的价值和意义。在大众文化领域，“文学青年”又成为某种消费符号：以清浅的感伤回避现实的批判，以轻盈的形象掩盖翻腾的欲望，以简单的语言架空复杂的意义，它用一套易于习得、复制的标签化语言符号系统来吸引消费群体以制造自我提升的人生幻觉。在这个意义上，它其实是设计更为精密的、运行方式更为隐秘的、规模更为庞大的遮蔽现实的话语体系中的共谋成分。但不管是专业话语的歧视，还是共谋关系对其的商业化利用，“文学青年”都是在“文学”与个体日常的断裂关系中被使用、谈论的。

正是在个体日常与“文学”的关系重建中，《雾行者》重新定义了“文学青年”。这里的“日常”并不涉及生存问题，而是强调个体“自我”与周遭世界的基本沟通方式：小说中主要的人物一直在借助文学经典提供的经验、视角和意义来看待周遭世界的变化；同时，他们亦在对世界变化的感知中调整自身，并进一步影响自身与“文学”“世界”的关系。这是一个持续的相互塑造过程。所以，这里的“文学”并非仅仅是兴趣、爱好、谈资，亦非单纯的职业或谋生工具，更非美化权力、资本和共谋关系的装饰性象征物，而是可自由选择的、可信赖的知识体系。个体以此为中介，实现“自我”与周遭世界的互动。在这样的关系中，作为知识体系的“文学”其实被赋予了类似于“世界观”或“信仰”的功能，它影响甚至决定着“自我”解释世界的思维方式、情感表达和价值判断等。同时，“自我”作为个体与世界相遇时共同塑造出的阶段性精神状态，它亦处在一个不断变动的过程中。所以，“青年”是关于“自我”的开放性、可塑性以及未完成性的中性描述：

> 我们的自我是有黏性的；自我不是没有摩擦力的、无实体的和超脱的，而是卷入具体的时间与地点、文化与历史、身体与经历。这些把人与人区别开来的要素极为重要；它们在文学以及生活中都应该得到认可。[1]

[1] ［美］瑞塔·菲尔斯基：《文学之用》，刘洋译，南京大学出版社2019年版，第67页。

所以，当路内[1]追问“你曾经是文学青年，后来发生了什么？”[2]时，他其实想探究的是世界以何种方式向谁敞开了何种样子。这是一个需要在“自我”、“世界”和“文学”三者之间的张力关系中持续追问的庞大而复杂的问题。倘若考虑到路内是在“虚构”范畴内讨论这些问题，那么《雾行者》其实也是路内关于自身写作及其意义的反思。

二、《雾行者》A面：文学、小镇和世界

1

《逆戟鲸那时还年轻》收录了九个短篇，格式像塞林格的《九故事》，题材却并不整齐，是文学小青年的习作集。

---

[1] 路内的长篇小说版本众多，为了让读者直观地了解路内的写作历程，这里罗列一份粗略的路内长篇小说创作年表，即长篇小说的首次发表和首次出版情况。文中的引文则根据本人所使用的版本标记注释。1.《少年巴比伦》发表于《收获》2007年第6期，2008年由重庆出版社首次出版。2.《追随她的旅程》发表于《收获》2008年长篇专号·春夏卷，2009年由中信出版社出版。3.《云中人》发表于《收获》2011年第3期，2012年由浙江文艺出版社首次出版，本文使用的是其他版本。4.《花街往事》发表于《人民文学》2012年第7期，2013年由上海文艺出版社首次出版。5.《天使坠落在哪里》发表于《人民文学》2013年第10期，2014年由北京十月文艺出版社首次出版。6.《慈悲》发表于《收获》2015年第3期，2016年由人民文学出版社首次出版。

[2] 路内：《雾行者》，上海三联书店2020年版。后文中凡引自该书的引文不再一一注释。

这样的描述很容易让人想起路内自己的那部小说集《十七岁的轻骑兵》。《逆戟鲸那时还年轻》的作者是端木云，小说素材多来自他的成长经历，且大多写于1998年。当路内开始详细地介绍这本小说集的内容时，他其实在完成大多数长篇小说都要处理的一个问题，即交代小说主要人物的早年经历、精神气质、思维方式、人生抉择，它们不仅是故事在情节意义上的起点，也是小说叙述基调和氛围变化的源头之一。值得注意的是，路内在实现这个基本要求的同时，又完成了现实如何进入虚构的演示和讨论。《雾行者》很重要的一个特点在这里展现出来：路内在叙事的过程中，对叙事行为本身的反思一直如影随形。不妨把作为知识体系的“文学”视为《雾行者》中的一个一直无法被命名、赋形的“幽灵”般的人物，路内通过对其的追踪和凝视，建构了“自我”与“世界”进行对话的方式和图景。

当端木云回忆“写小说的年代”时，故事时间便被追溯至一个具体的年份，1998年。这是故事开始的年份：“端木云毕业那年正逢一九九八年，洪水泛滥的夏季将会永远地留在他的记忆中。”个人记忆与社会记忆重合，社会重大事件因为震荡的深广度而被铭刻于个人经验中，个人记忆则因为社会重大事件的参与建构而得到强化。同时，毕业类似于造成连续性断裂的“事件”，文学青年无可避免地与世界狭路相逢。一个文学青年的就业之路竟像一段历史拉开序幕，这样的反讽同时指向个体和历史。

因为涉及小说的描述和讨论，所以经典名著、电影的名字不时闪现在叙述的进程中。但没有必要刻意寻求这些名著与路内或端木云写作的内在关联，不妨将它们视为文学青年知识储备的某个侧面。同时，辨析端木云与朋友们关于文学的种种议论的对错，亦无多大意义。因为这些观念都是极其私人化的视角和感觉。这些知识和观念并不构成叙事的动力，却是必要的修辞。它们在情节、对话、叙述中恰到好处地出现，从而使得叙事充盈、生动。

端木云的人生经历所塑造的小说形态才是需要关注的重点。当端木云向朋友辩解："不是写寓言"时，就已经挑明端木云小说形态涉及的基本问题了。端木云谈论写作时，高频词是"象征""隐喻"；喜欢写"既是天使又是魔鬼"的白痴；偏爱幽闭、静默的场景，如电影院、傻子镇和收容所；到了后来开始用字母代替人名。这些写作都在指向抽象、凝重的意义和形态，尽管不乏深刻，却依然是向内收缩的思维状态。很显然，现代主义文学经典中的某些类型所构成的视角，已经牢牢掌控了端木云看待世界的方式。当路内讲述端木云的写作过程时，间离效果很容易激发反思的意味。他并非反驳经典的意义，提醒重新思考现代性意义上的寓言式写作之于当下的适用性。端木云毕业时，遭遇的是1990年代末现实世界的飞速扩张和膨胀，事物、经验的多样性层出不穷，而他的写作却在不断地向内心撤退，躲在经典曾不断塑造的"小镇""城堡""精神病院"等场景所预设的意义象征系统内。当端木云试图将1990年代肇始的收容制度写进小说时，却借自己小说中的人物之口说了一句话："D说，收容站是一种象征。"现实的荒诞、残酷被漠视，并被简化为某种象征系统，寓言写作的无力被瞬间揭穿。

小说中还有一个细节：

> 可是花神和凶神指的是什么？端木云说，看起来是象征，其实是隐喻，类似梅尔维尔的白鲸，但就连我也没搞清凶神和花神之间有什么关联。

面对具体的经验，端木云已经无法做出有效的解释，他的话语需要借助经典所提供的经验和意义来呈现。换而言之，借助别人的话语来表达自身，在某种程度上意味着自身语言及物能力的衰退和丧失。或许在这里，路内是想写出文学青年在现实面前的溃败。但是他们的失败并不仅仅来自现实的残酷，更来自"自我"的封闭与知识体系的僵化之间的不断循环。路内的反省不仅指向现代主义经典所建构的某种视角和意义系统的僵化，即寓言写作对世界的多样性和复杂性删减或漠视，有些时候沉思、深刻与苍白、软弱只有一线之隔；而且，映照出文学青年精神世界的某些层面在沸腾的世界面前所表现出的时代症候。

事实上在故事的发展中，端木云的部分朋友们，那些曾经的文学青年已经纷纷开始调整与现实的关系，尝试着与世界进行实质性的接触。唯独端木云依然沉浸在自己的意义系统中。在端木云决定往前迈出一步时，这一天正好是1999年的5月1日。他和周劭即将前往的目的地是一个开发区，那里聚满了打工仔，他们都是劳动者。

2

> 到铁井镇他发现这地方小得可怜，他家乡县城远比这里热闹，有五十万人口。当她走到开发区，情况完全变了，这一天早上，数万名打工仔从宿舍区涌出来，像浪潮转换为支流，按照不同款式的制服分别进入某一家工厂。七点五十五分，街道变得极为安静，人都不见了。

文学青年们终于与这个世界最真实的一面狭路相逢——血汗工厂和打工仔。这样的场景怪诞而真实，工业社会最基本的一种面相。开发区首先是成千上万的陌生人，原子化的个人，为了生存而不得不聚居在一起的场所。这样的生存环境常常因为空间逼仄、资源有限、路径拥堵、秩序失衡，从而使得结构性的社会问题在其中得到集中乃至戏剧性的呈现。所以，不妨把开发区视为现代社会和当代现实的缩影，财富与权力、秩序与道德、梦想与生存、城市与乡村、身份与阶层……几乎所有现代社会命题都在这里密集交织。类似的地方还有“城中村”“城乡结合部”等空间。正如故事实际呈现的那样，几乎所有的小说人物都在开发区以不同的方式产生联系，小说中的主要叙事线索也在这里交织。当“炼狱式的小镇”这样的表达被提起时，尽管它依然是个典型的现代性寓言意味的意象，但是对于此时的文学青年端木云来说，已经不再仅仅是内心荒凉、精神颓废的投射，而开始有了丰富的现实内涵。“小镇即世界”的现实图景开始在文学青年的视野里慢慢展开。

> 两人沿着围墙又往前走了一段，三五个打工仔与他们擦肩而过。天色有点暗了，路边的树枝低垂到头顶，蝙蝠在空中振翅飞舞。直走到围墙尽头，看到渣土场像深入水潭的半岛，水面上全是水葫芦，远处有一片树林。郑炜领着端木云走向一条岔路，片刻之后，一条街道出现在眼前，像幻境一样，整片的农村小楼以及用铁皮和毛毡搭起来的违章建筑，电线在半空杂乱无序地拉过，各家各户灯火通明，许多打工仔在其中走动。

“十兄弟”的故事在这样的环境中发生，贯穿小说始终，并波及小说中的其他几个时空。这样的故事形态本身就是“小镇即世界”的形象解释。“十兄弟”的故事固然惊心动魄，但黑帮故事的外衣终究掩盖不住社会悲剧的内核。“黑帮”“黑社会”抑或是“犯罪团伙”是法律条文定义的结果，彰显着权威秩序的存在。当秘密全部被揭开的时候，便发现这些人最初的啸聚恰恰是因为社会正义缺失和利益诉求渠道堵塞。所以，罪与罚制度惩戒的不对等，善与恶评价标准的混淆，便以极具反讽意味的方式成为“十兄弟”故事的社会起源。无疑，犯罪和暴力应该被禁止，但是在制度性福祉覆盖不到的地方，“十兄弟”的结合其实也是一种朴素的民间互助形式，是基于基本生存、尊严的相互搀扶。也正是因为事关生存，所以，对丛林原则的服膺就成了相互扶持、抱团取暖这种形式的另一种面相，戾气伴随着温暖，关怀包裹着暴力。所以，当“江湖儿女”像句口号一样飘荡在小说的各个角落时，所有豁达、洒脱态度的背后往往都藏匿着辛酸、不堪甚或残忍的现实。

“十兄弟”的故事与那些隐秘的、黑暗的现实及其秩序相关，是丰厚的历史红利和光鲜的社会进程所极力掩盖的。后者依靠的是另外一套秩序，即工厂、流水线及其相关管理手段，其中包含对等级和暴力的合法化。这里暴力并不仅仅是指可见的暴力，如保安队的残暴行为和对工人的严苛管理，而且包含那些不可见的暴力及其形式：

> 周劭穿着紫色的衬衫觉得怪异，他这辈子没穿过紫色。……
>
> 在美仙公司，干部和销售员穿蓝色制服（而且有领带）。周劭很快就识别清楚，干部的蓝略浅，销售员的蓝略

深。童德胜和祝森是储运部唯一穿浅蓝色制服的人，但质检包装处的课长穿得和他的工人（全是姑娘）一样，粉色制服。至于台干，也穿浅蓝色制服，从外观无以辨别，但只要他们一出现，你就会知道，他们是台干。周劭寻思，这体系有点让人看不懂。

由于色系分类，窜岗变得很容易识别。穿灰色制服的工人从长龙式厂房的东边进入，除了午饭，其余任何时候你都休想见到他们。这些人是操作工，当周劭问他们在做什么时，童飞的回答是：他们在发疯似的干活。

想象一下这种画面：一套只为攫取利益最大化的严苛的管理体系化身为五颜六色的制服，色块和颜色斑点的流动和凝固下是蝼蚁般的密集人群以及永远也看不清的表情。残酷的生存被覆盖上了赏心悦目的油彩。这种秩序对身体和身份的处置实际上代表了被默认为合法的暴力/监控系统。以颜色区分人的角色、等级和功能，是客观之物的神圣化、神秘化和人的物化、扁平化同时发生的过程。或者说，人作为个体的差异性，如容貌、体重、性别、性格……一律被系统抹平，成为无差别的、等待被赋形赋义的物体，直到被系统分配颜色、划分等级、成为符号、执行功能。五彩斑斓的色彩掩盖了系统对人的盘剥和异化。这种秩序所带来的效率和利润，并不覆盖他们的对象，而是属于系统的设计者和维护者。在这样的背景下，“假人”（那些身份造假的人，比如，假身份证、假学历）涉及的问题便有了黑色幽默的色彩。只要“假人”还在系统里执行某种指定功能，身份的真假根本不重要，这里面有着系统的自信、傲慢和残忍。只有当“假人”违抗指令并试图从中获利时，“假人”才被系统视为必须清除的“病毒”和需要解决的“BUG”。“假人”在这个意义上反而成为具有主体性的人，这对颜色体系而言更像是反抗和揭露。被颜色体系排除的“假人”们慢慢衍生出自己的秩序和现实，这便是“十兄弟”的故事。

事实上，端木云不断见证，并间接卷入“十兄弟”的故事的过程，亦是他所信赖的意义系统不断遭到破坏的过程。所以在他闲荡于铁井镇的过程中，偶尔会闪现类似“全景式”的视角：

> 小镇的居民歧视打工仔。这是当然的，任何一个开发区的“原住民”都有可能产生这种优越感……优越感伴随着恐惧感一起生成，确实，五到十万名打工仔近在咫尺，治安队徒劳地阻止着打工仔从西侧和北侧进入小镇，与此同时，在小镇东侧，朝着上海的方向，桑拿房和洗浴中心相继落成好几家。这一格局具有哲学意味，具有历史意味，具有文学意味，可能也具有现实意味，但你并没有钱去领受所有的现实。

“哲学意味”“历史意味”“文学意味”“现实意味”叠加于

同一种景观，这是端木云内心世界逐渐向外敞开的自我证言，他开始看到现实不同侧面，并懂得在并置中看出现实不同层面的联系性和多重意义。“小镇即世界”像是某种至暗时刻。没有这种时刻的降临，端木云可能依然活在“寓言”的世界里，也不可能有此后在漫游生涯中对“寓言”世界的反省，以及对“人山人海”的拥抱。

3

端木云的“自我”曾被囚禁在《逆戟鲸那时还年轻》的寓言世界中。当这个寓言世界被铁井镇撞击出一道道裂缝时，“自我”将随着端木云辗转各地的漫游生涯而开启否定和重建的过程。需要提醒的是，前述关于寓言世界的反省，来自叙述者复述端木云小说时的腔调与端木云小说本身的腔调之间的间离效果，是路内的叙事态度和读者的阅读感受，而非端木云的自我认知。当端木云以“我”作为叙述视角自述漫游生涯时，他的那些关于“文学”的主动拒绝和否定才是自我认识，才能构成“自我”建构的动力。

端木云的自述始于1999年10月他开始在全国各地的仓库轮流转岗，止于2007年9月去往珠穆朗玛峰大本营的路上。端木云的轮岗其实是从一个开发区流转到另一个开发区。铁井镇的景观由开发区、流水线、联防队、打工仔、收容所、城乡结合部、洗浴中心、桑拿房等构成，这是一个微缩的当代社会形态及其财富/权力分配体系的展示。倘若将其视为世纪之交十年历史的表征，那么便意味着端木云其实一直见证并被动参与着历史的野蛮生长。与此同时，作为端木云精神栖息之所的“文学”亦在虚拟的形态中经历着繁盛和凋敝。BBS 论坛是彼时文学青年们的精神家园。端木云在2005年初辞职的时候正是BBS 迅速衰败的时候。

正是在现实与虚拟的撕扯之中，端木云看清了几分真相：BBS 论坛时代文学话语的洪流看似汹涌却终究是虚拟的澎湃，难以及物，正如匿名的言论和野心禁不起现实的轻微撞击；现实经验的爆炸与文学及物能力的萎缩依然相向而行……

所以，当他指出昔日“同路人”玄雨的末世小说《废土世界》的想象力来自“古代神话的想象逻辑”时，其实在批判寓言写作的封闭与想象力的陈旧循环互证，而这恰恰是论坛时代风行的某种写作倾向。端木云所否定的，正是自己曾投身的。无疑，端木云那个稳固、自洽的文学/精神世界在与现实的碰撞中逐渐坍塌，而他的自我批判亦指向了重建可能。这种可能在他评价《废土世界》和《巨猿》的角度差异性中体现出来。两者都是带有灾变和末世色彩的小说。对于前者，端木云是用现实世界运行规则和逻辑来质疑其叙事的合理性。对于后者，他则试图通过文本细节去复原那些真实发生过的社会、历史记忆，或者说，他在思索那些社会、历史记忆如何与个人经历发生关系并进入虚构的过程。当“作家的自我”这样一个朴素而复杂的问题被重新提出时，也意味着现实与虚构的张力关系将被重新赋形。

相应的是，端木云在现实领域中对好故事诱惑的拒绝。漫游生涯开始后不久，他便撞见了“十兄弟”最为核心的秘密，窥见了一群人在这个时代中走投无路的样子。面对把“十兄弟”的故事写成小说的建议，他表示了明确的反对：“此时此地，我只能说，忘记小说吧。”这是写作道德感的觉醒。与此形成鲜明对比的是，端木云在去铁井镇谋生之前，出于好奇心，他还曾央求护士将其带进收容所内部以收集写作素材。他的态度转变并非是难以驾驭所谓好故事的个人才能问题，而是在残忍、沉重的现实面前的无力干预所产生的关于写作行为的羞耻感。直面这种羞耻感，进而拒绝写作都是写作伦理的应有之义。

无疑，路内的写作观在虚构人物端木云那里得到部分印证。尽管“十兄弟”的故事是《雾行者》最主要的构成部分，但是路内并没有直接叙述这个故事。即便端木云、周劭与“十兄弟”中的个别成员有过交集，但是“十兄弟”的故事却是依靠“道听途说”的信息或“转述”的片段拼贴出基本轮廓和线索。借用端木云的话来说：“如果你（指的是另一位作家）的小说写到那些人，用了他们的隐私，碰触了他们的内心，却不能给他们以安慰，你最好赶紧去死。”“十兄弟”的故事无疑是这个时代最为隐秘的伤痛，但是诗性正义真的能填充道德、制度罪与罚缺席之处的真空吗？面对这样追问，写与不写抑或是怎么写，都事关道德。

在这个自我重建的过程中，端木云后来终于触及了文学知识谱系的整体评价。这种反思是从他与人讨论经典文学中的“意象”开始的：“文学中陈旧的意象，被用滥了的意象，人们不知其滥俗而仍然自以为是地使用着的意象。”简单来说，就是经典文学意象滥用的问题。严格说来，所有意象都发生于不可复制的瞬间，原初的意义只与特定时空的具体经验相关。有些意象成为“经典”，是依凭精妙修辞的结果，有限的语言可以依凭家族类似原则对诸多类似的经验进行压缩。所以，大部分时候，当经典意象被重复使用时，其实就是原初的意义在类似语境中被挪用或稀释，虽已经不觉得新奇，但还是觉得基本妥帖。然而这也意味着，新语境中那些不在原初意象意义覆盖范围中的异质性经验被轻易忽略了，更遑论那些体量微小但意义微妙的经验细节。无疑，经典意象的滥用在本质上是对差异性进行同质化处理的审美懒惰和误判，是审美空间的塌陷，更进一步说，是对真实经验和诚挚感情的消灭，正如端木云所言：“深渊都被那些重复的比喻给填平了”。

事实上，经典文学意象恰恰是经典文学谱系的核心构成部分，正如小说中所罗列的那样，李白的“月亮”，凯鲁亚克的“在路上”，博尔赫斯的“镜子”，尼采的“深渊”，加缪的“局外人”，卡夫卡的“城堡”，艾略特的“四月”，奥威尔的“老大哥”，《圣经》中的“原罪”，美杜莎的头颅，潘多拉的匣子，索多玛的盐柱，塞壬，俄狄浦斯，西西弗斯……这是一份邀请读者持续添加的名单。经典文学谱系所提供的世界观和精神资源，从来都不是特定人群的专属，特别是在现代社会。因为他们在解释世界某个层面（社会、历史、政治、伦理等）的深广度、通约性、影响力而成为可以共享的思想资源和价值尺度，他们中的一部分甚至因为影响巨大而在传播中成为无需通过阅读就能获得的社会共识、思维方式、文化符号。所以，迷失于经典亦是另外一种意义上的思想被宰制。面对时代、历史提速后的经验类型的急剧增多和经验体量的急速扩张，如何调试审美习惯、价值偏好、思维方式对经典文学谱系的过度依赖，便成为“文学”重建的重要问题。这样的整体调整，并不是强调经典的相对性，而是向作家的“自我”重建提出中肯的建议，即摆脱经典的压抑和阴影，以激发自身描述经验、命名事物的能力。

端木云的“自我”重建跟随他的“游荡”始终处于流动状态中。所以，很难通过截取片段分析来呈现其整体效果。但不妨把端木云的漫游生涯视为一个“文学”话题不断被提出的过程，而这些话题的提出几乎都是现实事件激发的结果。同时，关于“文学”的讨论最终指向的都是关于自身的检讨和激辩，这种或隐或显的变化又会在与现实持续沟通的细节中呈现出来，并引发新的“文学”话题。如此反复，“文学”成为某种意义、形态不断变化的、特殊的“中介”。如前述的那样，人总是习惯用自己信任的知识体系和话语方式来解释自身与周遭世界的关系，恰好“文学”正是端木云的兴趣和后来的职业。也正是人的局限和可能、世界的无尽、文学的未完成态三者之间持续的、开放的、不断地对话，这使得《雾行者》走向开阔、澄明的境界：

> 我闭上眼睛听着小伙子讲话，那些被音译命名所限定在汉字里的山峰，那些奇怪的或神圣的意义，几千座山峰就像城市的名字、道路的名字、人的名字、小说的名字，无尽并且自负地存在于我的认知之外。

三、《雾行者》B面：变容、编年和前史

1

事实上，《雾行者》的复杂和辽阔仅靠端木云独自漫游、沉思是难以实现的。这部小说的优秀得益于多个声部的交织所构成的坚实的语境和宽阔的视野。比如端木云和周劭的关系。两人是大学同学，是好友。周劭见证了端木云沉溺寓言写作的过程，又一起经历了铁井镇的种种经验，共同目睹了“十兄弟”故事的一些片段。直到两人各自在全国轮岗，虽是异地，却保持联系。

从叙事的角度来看，两人之间存在着非常微妙的对话关系。在两人几乎形影不离的日子里，当现实在端木云的眼中化为一个个文学意象时，周劭是那个不断打破其幻觉并推动其面对现实的人。多年之后，周劭在翻完一本“发霉的文学杂志”后，“随

即发笑，这些写寓言的作家啊。”善意的嘲讽不言而喻，尽管那时端木云并不在身边。从叙事的背景和信息的完整度上来说，两人分隔两地却不断沟通信息的行为及其效果，其实是在合力完成庞杂经验的完整拼图。

所以，周劭与端木云的这种人物关系其实也是叙事关系和结构关系。小说的结构设计也体现了这一点。第四章是周劭在2008年的经历，他最后一次为公司出外勤，查明真相后决定辞职，故事的时间停止在2008年5月1日凌晨。而第五章却是端木云自述从1999年10月到2007年9月长达近八年的漫游历程。也就是说，第四章发生的事情其实是在第五章之后。第四章是沉郁、坚实的社会、历史景观的全面铺展，第五章则为深邃、辽阔的精神图景的缓缓升腾。换而言之，周劭在现实中四处奔走的经验其实构成了某种依托，为端木云的精神成长铺垫了深厚、绵密的现实语境；由此，当端木云在与世界缓慢的对话过程中呈现朝向深刻、辽阔的自我重建的趋向时，他才不会显得虚空、高蹈。所以，前者仅仅是故事在物理时间上的结束，而后者才是叙事的意义和形态的完成。倘若按时间顺序来调整两个章节，则小说的整体审美将大大折损。

其实，不妨把端木云和周劭理解为作家路内精神世界中分裂而缠绕的两个“自我”，在“虚构”领域的化身或投射。而周劭正是那个不断向外部世界突进的“自我”。作为曾经的文学青年，周劭在毕业后就投身纷繁、缭乱的现实。在这个意义上，周劭的言行、人际关系及其衍生出的社会现实，其实都构成了审视“文学”的外部视角。

举个例子。《雾行者》的开头是悬疑小说式的，周劭卷入了一场谋杀案。尽管凶案已经足够扑朔迷离，那些游离在故事主线之外的闲笔，还是以稍显突兀的方式宣示着存在感。当这些富含文艺信息的片段（细节、对话）以极其不协调的方式与作者着力呈现的黑暗现实并置在同一语境中时，“文学”与“世界”的“分裂”异常醒目。小说中有个意味深长的细节。讨债前，台企高管陆静瑜在小城里一家门可罗雀的咖啡馆里，请老板手冲了一杯拿铁，买下了一本英文版的简·奥斯汀的《傲慢与偏见》。这个细节如果从语境里抽离出来，未免显得有些矫情。形成对照的是，在讨债现场，陆静瑜并没有任何与文艺有关的举动，始终是奉行理性、利益原则的经济人的有理有据和不卑不亢。当然可以把类似的闲笔出现，理解为小说主要人物周劭身上的文学青年气质在一些叙事空间里的残余；也可以从叙事技巧层面去解释这样的场景，它不仅舒缓了关于债务所引发的紧张氛围，而且以静默和游离的方式调整叙事张力，为接下来即将发生的讨债时的争执和冲突制造戏剧性反差。但是这些阐释都不是要弥补“分裂”。因为，这种“分裂”正是路内所试图呈现的“真实”，是路内努力把与“文学”相关的问题进行客观化审视的结果。

这些闲笔，它们漂浮、闪现于主要故事发展的间隙之中，却不构成任何叙事动力，正如在真实的世界中，“文学”或远或近地环绕于生活和现实周围，却又不与生活、现实发生实际的接触，或实现功利的效用。以开放的态度对待“文学”与“世界”的“分裂”，才能看到在远和近、分裂和融合之间有无数种丰富的选择和姿态。所以，不管是“文学”救赎功能的肤浅论调，还是“文学”无用论的粗暴论断，都解释不了何以“文学”与“世界”的关系在陆静瑜身上如此分裂而又自洽。因为理解这一切需要承认“分裂”即是真相：很多时候，“文学”只是这个“世界”的“闲笔”。

再举个例子，《雾行者》腰封上有句话：“你曾经是文学青年，后来发生了什么？”出自第四章周劭与前女友重逢的场景中。前女友卧底记者的身份让这场重逢显得意味深长。文学青年投身社会新闻，是对知识体系和世界观的重新选择，是面对现实的思维方式和实践行为的转变。这种身份转变在故事中自然会带有关于“文学”反思的象征性意味，正如周劭把一本发霉的文学期刊扔在了街边，这绝非无意识的举动，而是有意味的态度。

但是，更重要的是两人贯穿整个章节始终的“对话”。两人重逢时，各自交换着对过去和现在的看法。这场看似平等的交流，却因为辛未来的身份而显得失衡。社会新闻记者的身份加大了现实信息的密度、重量、真实性和深广度，使得这种交流成为当代现实及其症候不断涌入文本的过程。但是，辛未来并非凭空出现，她的名字时不时被端木云和周劭提起，她的故事片段一直断断续续地飘荡于周劭和端木云的生活和记忆中。所以，与周劭邂逅、对话的过程，其实也是她的故事的断裂、空白之处被逐步拼贴和填补的过程。也正是因为身份使然，那些现实图景便在辛未来讲述自己故事的过程中，以很“自然”的状态被缝合进来。所以，看似失衡的交流过程，倒也合情合理。但无论如何，从最终的审美形态来看，这场对话都在召唤端木云的参与，它像是粗粝、深沉的声部，回荡在端木云漫游路途上。

2

周劭与辛未来的这场对话被命名为“变容”，事实上，这不仅是文本中社会、历史、现实等信息密度和体量的“扩容”，也是路内写作的“增容”:《雾行者》在语言和氛围、叙述和结构、格局与气象等层面完全区别于他以往的写作，是一次卓越的奔腾。

在辛未来和周劭的交谈中，辛未来曾简单地总结过自己的职业经历：

> 我也写过血汗工厂的报道，没什么影响力。说实话到处都是这种工厂，刚踏进去时还觉得挺新鲜，那些工人的状态，主管和保安的状态，感觉就像马克思所说的随时会诞生革命，可是用不了三天你就会明白，这是常态，这是打工仔糊口的地方（大部分都是年轻人，或者傻子），不会

有革命。看看那些私营煤矿，在那里，事故代替了革命，死人的事情循环发生，比血汗工厂更具有启示性。

确实很难想象这样的句式、语言和表达会出现在路内的写作中。在《雾行者》出现之前，路内最让人津津乐道的叙事和审美风格，一直是那种“愤世的小流氓”[1]般的戏谑的语气、明快的节奏、恣意的自嘲和佯装世故的感伤。这里无意暗示路内此前的写作在刻意回避社会、历史，而是强调此前的路内确实不是那种在写作中直陈社会、历史观念的作家，他甚少直接描摹社会、历史场景，更不会刻意编织有社会、历史导向的隐喻、细节。即便是《花街往事》《慈悲》这样的根植于历史深处的故事，也常常会因为故事本身的饱满、精彩而让人忽略其背后的历史渊源。

但是“熟悉”的路内还时不时闪现在“激进”的路内的叙述之中。比如上述那个场景中，周劭亦回应了辛未来关于他过去十年经历的询问：

周劭说：嗨，说起来，倒不免得意。二〇〇〇年被建筑老板的马仔用火药枪指着头，要我开仓库发货，绝对刺激；〇一年被偷；〇二年在火车站被人抢走了所有行李；

[1] 路内：《十七岁的轻骑兵》，人民文学出版社2018年版。

〇三年非典，倒没什么大事，中间辞职了一回，本想到北京找份体面的工作，结果被堵在一栋楼里半个月，后来又回到美仙公司；〇四年在一座城市，下暴雪，手机被人偷了，我把前任仓管员的骨灰带回总部，这孩子车祸死了；〇五年发生了更多的事，来不及讲。

相对于辛未来那种有着明确社会、历史内容和态度的雄辩，周劭的回应值得玩味。他刻意回避了与大历史的正面相遇，比如，“〇三年非典，倒没什么大事”，却极其固执地用具体年份来标注个体经验。这种句式的汇聚，以及个体经验的逐年排列，竟产生了“编年史”“大事记”的宏大意味。倘若对路内的此前的写作比较熟悉，便不会想当然地认为，路内通过戏仿历史叙述重要形式的策略维护了个人经验的尊严。从审美效果倒推出写作策略，难免会有误读。因为这种句式及其所代表的处理个人经验的方法和态度，在路内此前的写作中极其常见。比如，

九一年夏天，我在戴城无所事事，时间就像泥坑中的水，凝固，腐臭，倒映着天空中苍白的云。(《追随她的旅程》)

假如让我回忆我的一九九四年，我会说，那一年仿佛世界末日，所有心爱的事物都化为尘土，而我孤零零地站在尘土之上，好像一个傻逼。(《少年巴比伦》)

> 一九九六年是我比较荒凉的一年，但我不太想用荒凉这种滥词，说得具体一点就是，我没工作，没钱，没女人，文凭能不能拿到手还不知道，因为我挂科太多，都快把我愁死了。(《天使堕落在哪里》)

以上的例子来自“追随三部曲”。限于篇幅，每部小说只引用了一条。这样简单地罗列旨在表明路内一直在执着地为个体经验标注时间刻度。他甚至用这种方法完成了“追随三部曲”的写作。众所周知，“追随三部曲”的发表时间依次为《少年巴比伦》《追随她的旅程》《天使堕落在哪里》，其实故事发展顺序为《追随她的旅程》《少年巴比伦》《天使堕落在哪里》。只要对小说中随处可见的路内式的个体经验编年句式稍加注意，便会发现“追随三部曲”其实是路内按照时间顺序逐年编织出的小城青年在1990年代的个人经验编年史，故事开始于“一九九一年，我十八岁”(《追随她的旅程》)，结束于“二十七岁生日那天，我离开了戴城……我二十七岁那年，世纪末和千禧年按时到来……”(《天使堕落在哪里》)。还需要提及的是小说集《十七岁的轻骑兵》的写作。小说集的第一篇《四十乌鸦鏖战记》开篇第一句话就是：“我们所有的人，每一个人，都他妈差点冻死在一九九一年的冬天。”最后一篇《终局》开头则写道：“我们在一九九二年分配到全市的化工厂。”这个短篇系列的起始和结束时间，正好对应《追随她的旅程》的故事始末。很显然，两部作品存在直接联系：路内在《追随她的旅程》中把焦点聚焦于路小路实习期间的初恋，腾不出更多的精力来叙述他实习生涯中的其他方面；于是他便用一系列的短篇来修补编年叙事中残缺的部分，在补全实习生涯中的其他经验的同时，顺便追溯了路小路的技校生涯。所以，小说集的腰封上有句话把《十七岁的轻骑兵》形容为“追随三部曲”的“前传”故事，这是对路内编年式写作的如实描述和强调。但是却忽略了另外一点，《十七岁的轻骑兵》之于《追随她的旅程》更像是以时间编年为基础，在空间意义上的经验拼图。

如果说，在《雾行者》之前，“编年”只是路内处理个人经验的特定方式，并涉及其写作上的整体规划。那么，到了《雾行者》，这种“编年”及其衍生出的“拼图”已经成为醒目的叙事结构和叙事方法，只不过不再局限于个人经验。

第一章 暴雪（2004）

第二章 逆戟鲸（1998）

第三章 迦楼罗（1999）

第四章 变容（2008）

第五章 人山人海（1999—2007）

从形式外观来看，时间控制着叙事的节奏和进程，并成为小说章节划分的依据。依据时间限定，主要线索的流动性、阶段性形态得以清晰呈现；同时，刻度造成的停顿，是对过程和时间的强制定格和延时，使得提取、凝视、描摹经验细节成为可能。由此，更多的细节呈现将有助于叙事的精确性、饱满度。从内容上来说，各章的信息、线索、意义彼此补缺、呼应，从而构成一个复杂、立体的拼图故事。特别是空间维度上的经验范围的延展，使得直观描述经验的关联性和复杂性成为可能。正是依凭这种叙事结构和方法，体量巨大的《雾行者》中时空、视角转换和衔接，丰富的知识和绵密的细节，以及广阔的社会历史图景等得以清晰而饱满地呈现。

3

路内如此偏执地迷恋个人经验的编年叙述，大概是因为他曾清晰地看见两种历史的“时间差”以及居于其中的个人困境。

> 我又想到自己二十五岁了，时光荏苒，我十七岁时候拿着无缝钢管在街上打架的时代一去不返，我二十岁时候在国营工厂里倒三班睡大觉的日子也消失殆尽。有一天我走到糖精厂那边，发现一条高架公路直直地劈过厂区，从糖精车间旁边凌空而过。这极其破坏我的现实感，我一直认为糖精厂是我年轻时代的监狱，但是监狱的上空怎么可能飞过一条公路？它打破了我自怜自艾的幻觉。假如我还在那里造糖精，

一定会觉得时间扭曲，深刻地变成一个疯子。

我在一个不是很匀速的年代里，坐着我的中巴车，咣当咣当，从这里到那里，用自己的速度跑来跑去，看着别人发财破产，似乎一切都与我无关。我所留恋或憎恶的世界，终于抛在脑后了。我混惨了，身边的人全跑了，连老杨和小苏这种看起来会和我一同衰老的货色，都成了白领，而我被扔在戴城，甚至被戴城扔在马台镇。用不了多久，我就会被马台镇扔到什么地方去。(《天使堕落在哪里》)

戴城并不仅仅是地名，而是传统社会主义工厂及其“工厂办社会”的结构和功能的隐喻。一个工人在履行工作职责的同时，他的生老病死都可以在工厂所提供的教育、住房、医疗、福利体系中完成。因此，对他来说工厂只是微缩的社会结构。居于其中（“国营厂”/“糖精厂”），个人只是按照国家设定的工厂角色完成自己的人生轨迹，个人无法从国家一体化的设计、计划中剥离。但是路小路偏偏生于传统社会主义工厂的没落时期，另一种历史时间及其代表的秩序——即当时以“高速公路”“白领”为表征的市场经济——已经开启。路小路身处两种历史时间的夹缝之中（“不是很匀速的年代”），或者说，新的历史时间对旧的历史时间的挤压，让路小路意识到自己既摆脱不了旧秩序的阴影，也无法触及新秩序。于是，两者之间的时间差和意义沟壑，造就了时代的零余者、小城的闲逛者，他们既是观察者也是叙述者。他只能以“自己的速度”来丈量周遭世界的变化。如今重读在那个封闭的“戴城”里发生的“追随三部曲”便会发现，那其实是困在两种历史之间的绝望、消沉的青年人佯装豁达的伤感记忆。对一无所有之人来说，再贫乏的经验也会显得弥足珍贵。这便造就了一个高度风格化的路内：对个体经验的极度自恋、奋不顾身地维护和自鸣得意地讲述。与此紧密相关的便是，这些经验被讲述的过程亦是被不断标记刻度的过程，那么留给路小路的只剩下中性的、匀速的物理时间可以依凭。当路小路用“自己的速度”去丈量它时，他便是路小路自己的时间。前述曾提及把周劭的回应视为戏仿历史编年是某种误读，道理正在于此。对于路内及其笔下的路小路、周劭、端木云来说，他们无力去对抗任何一种历史，与其说他们在戏仿历史，倒不如说，他们一直试图在历史对时间的意义垄断中，争取一些存放个人经验和记忆的空间。

不妨从《雾行者》的角度回望“追随三部曲”，路小路当年看见的飞跃戴城上空的新历史及其秩序，在十多年以后统治了这个时代。或者说，铁井镇所代表的历史时间和秩序在世纪末之后的十年间掌控了一切，如今的铁井镇在十多年前曾是戴城。历史更替完成、时间差消失了，然而周劭、端木云继承了路小路“自己的速度”的视角并成为新时期广阔时空中的漫游者，旁观、对话与反思也就取代了闭塞时空中的绝望、隔阂和抗拒。

只是当密集的个人经验与繁复的历史景观在越来越辽阔的

时空中愈发频繁地交织于具体的时间中时，原有的悖论会以更醒目的方式呈现：历史从未放弃关于时间的赋形、赋义；同样，个人经验的极端维护方式反而像是向历史发出的暧昧邀请。举个例子，曾出现在“追随三部曲”的最后一部《天使堕落在哪里》中的1998年的大洪水，在《雾行者》中也出现了。

> 一九九八年的春季，雨水多于往年，当时没人会预料到，这是洪水滔天的年份。(《天使堕落在哪里》)
>
> 端木云毕业那年正逢一九九八年，洪水泛滥的夏季将会永远地留在他的记忆中。(《雾行者》)

前者只是一个小城青年的个人记忆，即便在原文的语境中，这句话也只是路小路讲述朋友去外地“讨债”被困的故事的“起兴”。而后者无论如何都像是欲言又止的阐释邀请，所以，我没能抵制住诱惑，在前述中邀请了历史介入。但是大洪水作为历史大事件与端木云的毕业及其人生经历有无内在的逻辑联系，确实是可以继续讨论的问题。所以，在个体与历史的双向建构中，如何保证个体经验被有尊严地展示，确实是写作中的重要问题。

有种倾向是必须被抵制的，即有些作家会刻意把历史元素（包括社会重大事件）缝制进个人经验的编织过程中，以造成个人经验与历史、社会进程互动的幻象。不可否认，在一些极端状况下，人无法对历史的塑造做出任何回应。但是在大部分情况下，不同的人会以不同的方式对历史进程的不同层面做出反应。但不管是何种反应，都影响着个人经验的形成，历史进程在这个意义上“内化”为个人经验的构成部分。这是个永无止境的个体与历史不断地沟通、反馈的过程。暂时先悬置是否存在与历史无关的个人经验这样的问题，但不容忽视的是，当历史因素不足以构成决定个人经验形态的内部要素时，任何试图绑架历史的叙事都无疑像是实施于肉身的美容或酷刑。肉身的填充物或文身看上去更为悦目、圆润、精致，但是终究经不起仔细揣摩。最令人难堪的是，个人经验叙述中的“自残行为”，或者“苦肉计”。在这样的叙述中，历史已经被物化为工具或道具，甚至被窄化为凶器。鲜血淋淋的伤口和残肢布满个人经验中，让看客陷于极其尴尬的道德处境中，如同遭遇街头艺人的“残酷表演”，必须撒下一些硬币或钞票，方能摆脱被强行架在眼前的道德逼供装置。

个人经验的编年史，固然捍卫了私人记忆和经验的尊严，但是在传播过程中必然会遭遇读者的社会、历史记忆的辨认、质疑和认同等问题。大部分读者的社会历史记忆恰恰建立于历史大事记所提供的经验、视角、意义等层面，这种常识性认知是历史通识教育与意识形态合作的结果。所以，即便是那些亲身经历过社会重大事件的人的认知，也基本上停留在所谓的共识层面，异见和分歧鲜有机会被讨论，更遑论对个人和群体产生异质性影响和改观。辨析和质疑是阅读中正常的智力活动。

认同问题则复杂得多，固然存在辨析、质疑之后的重新认同，但是“认同幻觉”则需要被识别出来。

当个人经验中的年份刻度被强化时，很容易引发读者产生与年份相关的社会、历史情境的想象，这想象来自前述提及的社会、历史文化记忆的激活。如果作家与读者生活于同一个时代，类似的情况则尤其容易发生。一旦读者在历史想象与作品提供的经验之间建立强烈的、未经内省的共情关系时，“认同幻觉”便产生了，它将阻碍读者进入反思阶段，辨认出拙劣的写作和寡淡的经验，更谈不上对卓越的写作和优质的文本的揣摩和亲近。“认同幻觉”是某种不易觉察的审美错觉，读者的共情和认同并不一定会建立在饱满的经验和出色的叙述所激发出的审美想象中，反而有可能沉迷于读者自身被唤醒的历史想象的自我繁殖中。“认同幻觉”即便与优质文本相关，也不是值得赞扬的事情，因为它并无辨别文本优劣的能力，更为重要的是，优质文本在召唤认同和共情时，也一定是同时鼓励思辨的。“认同幻觉”大部分时候源于虚假的经验和投机的叙述所制造的骗局。这种情况很容易被转化为某种操作性很强的写作模式，让单薄的经验和轻巧的叙述产生阅读和传播上的轰动效应。若在集体意识中历史幻觉大行其道，“认同幻觉”便是其在虚构领域的投射。

必须强调的是，上述症候并没有出现在路内的写作中。之所以谈论这样的问题，完全是因为《雾行者》和路内的其他作品之于这个时代的重要性，他的示范作用有可能被效仿者简化为若干写作技巧，这技巧之上可以附加很多欺骗和功利，而未曾意识到技巧的内部是匠心、智识和境界。

（原名《朝向辽阔世界的文学青年编年史——路内〈雾行者〉及其前传》，刊于《中国现代文学研究丛刊》2020年第5期，收入集子时，文字有所改动。）

欲望说明书

一

1831年，歌德完成了《浮士德》。梅菲斯特的结局会让现代人心生同情，一个恪守契约精神、助力他人实现种种愿望的人，不仅遭遇了背信弃义，而且要像约伯那样背负肉身的毒疮和道德的恶名。[1] 他被“爱的妖怪”[2] 灼伤后，从此下落不明。在歌德讲完这个故事近两个世纪之后，作家李宏伟开始追问梅菲斯特的下落，并想象梅菲斯特带着他的神力和智慧遭遇现代世界时，会发生什么样的故事。于是，便有了长篇小说《灰衣简史》。

故事开始后不久，李宏伟就坦白了让梅菲斯特穿越至当代的“技术手段”，即借小说人物之口直白地道出《灰衣简史》与

[1] 参见［德］歌德：《浮士德》，《歌德文集》（第1卷），绿原译，人民文学出版社1999年版，第440—441页。

[2] 同上，第441页。

《浮士德》及其衍生作品的关系：

> ……我偶然翻到了德国浪漫派作家沙米索的小说《彼得·史勒密尔的神奇故事》。……这不就是一个弱化版的《浮士德》嘛。浮士德的故事里那些可以视作人类史诗的元素统统被弱化或抽掉，只留下伤感的青春乃至幼稚的嗟叹。如果说这个故事有什么打动人的地方，不过是它比《浮士德》更为近身取譬，更容易让人理解和代入。毕竟，灵魂或有不同，每个人的影子总是一样。
>
> ……当天下午……我还在幻想，自己将如何轻松地一手交出影子一手接过钱袋。结果，就在脚要落在最后一级台阶上时，我恍然大悟，还有一阵让人战栗的后怕：这个故事不正是我想要的吗？《彼得·史勒密尔的神奇故事》不正是我的戏剧素材吗？
>
> 说戏剧素材，是我强行压制住兴奋的结果。我要说，这个故事正是我想要做的戏剧的灵魂……[1]

这段话是一位充满野心的戏剧导演的自述，除了引文中提及的那些作品，这样的人物设定亦很容易让人想起另一部与浮士德有关的文学经典，托马斯·曼的《浮士德博士》，小说的主

[1] 李宏伟：《灰衣简史》，长江文艺出版社2020年版。后文中凡引自该书的引文不再一一标注。

角是一位音乐家。一部小说与诸多经典文本产生关联，使得李宏伟像是要完成一部复杂的互文性写作。但是“戏剧素材”这样的说法倒是提醒了其他理解路径。李宏伟让小说人物自我表演的同时，亦背负起“元小说”的功能和效果。他一边从这些经典文本中裁剪自身所需的素材，另一方面却又在有效调控这些素材所可能引起的意义联想，他要利用这种有限的暧昧来建构一个21世纪的欲望及其实现代价的故事，再次借用这位导演的话来讲：“如果说这个故事是一面照出时代众生相的镜子，中国化就是擦掉蒙在上面的水汽。”

所谓的“中国化”无非是古典故事在现代语境中的重新解释。在歌德的故事里，在黑暗/罪恶与光明/救赎绝对对立的古典的、宗教的道德范畴内，梅菲斯特丑陋、猥琐的形象过于戏剧化地承载了道德训诫。很显然，在“交易”和“契约”已经成为现代世界基本精神的时代里，这些设定显得格格不入。所以，需要将“与魔鬼立约”祛道德化为现代社会的普通交易行为，至少在表面上要如此。同时，梅菲斯特若要融入现代社会的日常场景，也需要对其形象和神力进行祛神秘化。所以，李宏伟最终拼贴出一个21世纪的梅菲斯特。他清除了梅菲斯特的道德污名，限制了其超自然的神力，保留了其冷酷而尖锐的智识状态，并让其拥有较为固定的外貌、体态、服饰的人类外形，从而可以从容地出入现代生活的日常场景。但是这里存在着某种微妙的意义张力：首先，李宏伟之所以借助经典文学中的神秘元素或素材，因为他想利用这些元素，将那些习以为常的当代社会症候重新问题化。另一方面，为了避免这个当代故事的叙述逻辑被超验的、神秘的思维主导，他又必须对这些素材和元素所引发的超验想象和解释进行调节和限制。因此，这是一个祛魅、施魅交替进行的叙事过程。所以，审美距离和叙事焦点能否得到有效控制，完全依赖于李宏伟能否平衡两者之间微妙的张力关系。

相应的是，李宏伟选择了艺术家（王河）或与艺术行当有关的人（冯进马）作为“与魔鬼立约”的交易对象。这样的选择不难理解，艺术家的身份可以为围绕着“立约”行为所产生思辨性的、戏剧性的言行、氛围提供更为坚实的说服力。于是，李宏伟对王河的描述，就成了一位艺术家对另外一位艺术家的想象和评价。然而两人都在同时虚构梅菲斯特的当代故事，于是作者与虚构对象的意识便在类似问题上产生了重叠和错位。这种双重虚构造就了某种间离效果，使得整部小说的进程像是一部同时在眼前上演的舞台剧，而有个被灰衣人看中的“选民”恰恰就是个剧作家。所以，不管是祛魅与施魅交替的叙事进程还是双重虚构的间离效果，都是为了更好地呈现这个披着神秘外衣的当代社会故事。

二

在一份名为“欲望说明书或影子宪章”的文献中，“灰衣人”

和“本尊”曾被这样的描述：

（1）**灰衣人**。……在历史各个转折处、关节点，在日常生活某些严重的时刻，都能看到灰衣人的身影。殷切渴盼的姿态，及时精准的出手，让数千年流逝的时光深处总是隐现他们的痕迹。……最著名的，莫过于对博士的那番协助。……

（2）**本尊**。灰衣人的选民，欲望的奴隶。奴隶是矫饰的称谓，是嫉妒心发作下，对领先者的污名化。这些领先者，比其他人多走了几步，率先陷入困境，他们的动力如此强大，必须找到解决方案才能暂时心满意足。在后来者的指认中，他们更易于被归类，被划分在几个已知的区域。比如爱情，……比如权力，……比如金钱，……

这份说明简洁扼要地总结了在他人欲望实现过程中灰衣人重要的“协助”作用，并将灰衣人立约对象（本尊）的欲望类型粗略地归纳为爱情、权力、金钱三大类。倘若要进一步了解灰衣人与本尊的各自作用、相互关系，以及一些更深层次的秘密，则需要在具体事例的进程中来揭示。冯进马对前女友命运的暗中操控，虽并没有在小说中占据很大的比重，但它却是上述三种欲望纠缠的结果。

凭借灰衣人取之不尽的钱财——不，是用影子换来的钱财，你迅速成了最神秘、最有影响的地产与影视巨头……欲望的折磨不在于无法满足，而是每一次满足都唤醒更强烈的欲望。

明白这一点，你开始了对她的报复，施加慢性毒药，让对方形成依赖，但又总得不到足够剂量药物的报复。你给她规划发展路径，让她从几乎没有资源的新入行者，变成在一些作品中偶尔露脸的排不上号的小演员，当她渴望为大众所知的时候，又为她打造一些可以混个脸熟，却绝对无法让人记住的角色。她甚至得到一些不怎么重要奖项的提名，但从来没有笑到最后。你为她创造所有的机会，也为她制造所有的障碍，和她相关的事情，你都委派灰衣人全权负责并随时告诉你新的进展与动向。不出几年，你就得知，她被你唤醒的野心与欲望折磨得不成人形，失眠、抑郁、植物性神经紊乱……

……

“照顾？当然，一如既往。给她安排各种演出，电视、电影，还有舞台剧，出席各种活动，首映式、见面会，不时接受采访，偶尔走走红毯，伴之以小分贝的尖叫与欢呼。我不断安排聚光灯照向她站立的方位，也一直如您要求，让她大多数时间都在聚光灯边缘徘徊，偶尔也往里面站一点，但绝对不出现在核心位置。按您的要求，过去这几十年，她始终只成为陪衬，总是能见到虚荣的盛大，却享受不到虚荣的满足，她感受到的一切，都只是对比之下的伤害与羞辱……”

前两段引文是冯进马对前女友的报复计划，后一段则是灰衣人在具体实施过程中的行为。在与“本尊”冯进马的关系中，灰衣人俨然是一副严格遵守契约、完全服从雇主意愿、尽职尽责的职业经理人模样，他形象地展示了无形的权力和资本附身于人并作用于人的过程。一个人对另一个人的命运设计和掌控，如同这部小说中其他欲望的最终实现，其实都是灰衣人及其立约对象在遵守现实世界运行规则的前提下运作、算计的结果。在这样的过程中，并无超自然神力的介入，而所谓权力和资本也仅仅只是等待被使用的原始资源。从这个意义上来讲，不妨把灰衣人，这位21世纪的梅菲斯特，理解为当代生活中资本/权力的人格化表现。

在上述场景省略的文字中，冯进马通过望远镜来观察欲望屡屡受挫的前女友，在此之前，他当然是通过灰衣人来了解她的境况。不管“望远镜”，还是“告诉”，其实都是一种窥探和监视的观察角度。这种隐秘的、有距离的观察，实施却是浑然不觉的直接操控。距离或者说“望远镜”的两端是两个世界：一个是透明的悲惨世界，居于其中的人只能将欲望受挫、人生波折托词于“命运”这样的暧昧表达；另一个世界幽闭而安稳，居于其中的人在对他者的精确操控中，制造着别人的“宿命”。当两个世界被并置时，便不难发现“前女友”的处境其实构成了当代人生存困境的隐喻，即身处被权力/资本精确算计和量化控制的世界却浑然不知。值得注意的是，冯进马的前女友在所有的对话和描述中都没有具体的名字，始终只是人称代词“她”，这便意味着，作为权力/资本的提取对象，所有的人都是“无名之辈”，人称代词之下可以是任何一个具体的人。

某种奇妙的悖论产生了。真相只向发现“望远镜”的旁观者敞开，且以戏剧性的方式故意暴露。同时，这并不意味着旁观者作为当代社会的一员，在审视自身处境时可以分辨出那些基于人为操控的命运幻觉。这里存在着作为“知识”的“真相”与作为洞察力、行动力的“真相”之间的分界。当代社会的生存困境在更深的层次被揭示出来。当代社会并不缺少关于权力/资本的知识，知识被消费的同时其实亦是“获悉真相”的幻觉被制造出来的过程，当人狂喜于知识的获取而遗忘了自身真实处境时，消费知识便替代了真实的觉醒和行动。很多时候，权力/资本以故意泄露有关自身真相的碎片为代价，以换取制造更为庞大、复杂、精密的整体幻觉的可能，由此它们将会以更为安全、隐秘的方式藏匿自身。这是权力/资本以祛魅的方式重新自我神秘化的更新过程。正如前述场景里已经呈现的那样，灰衣人并非权力/资本本身，只是其代理人，它的人形外貌只是以人类能够理解的形式释放真相的碎片，让人误以为洞悉了世界的运行规则；冯进马也并不拥有它，由于“不是每个天然的影子都值得报价”，他通过契约成为“灰衣人的选民”，这其实是权力/资本对他进行估算、甄别的结果。从这个角度来看，冯进马与其前女友并无本质区别，都是权力/资本的塑造对象，只不过前者是它拣选出的肉身容器，而后者只是它的压迫对象。理解了这一切，却依然看不清它的样子和来处。事实上，李宏伟在努力捕捉权力/资本的人间景象的同时，亦完成了关于当代社会权力/资本起源神秘化的展示，这其实亦是真相的某个侧面。

接下来将不得不提及那个在冯进马、灰衣人、王河的对话中偶尔闪现的“布袋”。这个素材来自18、19世纪之交的浪漫主义作家沙米索的小说《彼得·史勒密奇遇记》。沙米索故事里那个可以源源不断地取出金币的“哥尔多巴马革”的“福神钱袋”[1]，在李宏伟的故事里成为可以不断取出现金的灰色布袋。浪漫主义时代器物的神圣气质早已荡然无存，取而代之的是粗鄙、实用的当代气息，李宏伟甚至放弃了对灰色布袋的直接描摹。这当然是有意为之，似乎它本就是应该遮遮掩掩的原罪。在老故事里，钱袋从一开始就是彼得·史勒密的灾难不断的源头，而在李宏伟的新故事里，那个灰色袋子恰恰是冯进马欲望得以实现的基本前提，原始积累意义上的第一桶金。倘若由此把那个灰色布袋视为资本/权力神秘起源的隐喻，则未免显得过于牵强。首先，李宏伟对布袋的轻描淡写与冯进马的道德感有关，

[1] ［德］沙米索：《彼得·史勒密奇遇记》，伯永译，人民文学出版社1962年版，第10页。

并非刻意强化器物的神秘气质。再者，布袋在与灰衣人的种种现实行为产生联系之前，其所代表的金钱功能和财富象征等意义根本无法发挥出来，仅仅只是个被藏匿起来的物品。这与它在浪漫主义故事中始终具有超验的魔幻意义截然不同。所以，在灰衣人所展示的现实原则和人类行为的支配下，灰袋更接近于权力/资本的物化形式。简单说来，布袋只是个被支配的物品，可以被任意置换成为其他物质基础以助力欲望完成，它不具有不可替代性，亦没有自身的意志。借用灰衣人对王河说的那句话："是那个袋子，在那个故事里是彼得·史勒密的，在这个故事里是冯先生的。很快，它就会在您的故事里，成为您的。"可见，布袋始终是灰衣人的附属物。

于是，疑问又回到了灰衣人身上，他何以要助力这些欲望的实现？灰衣人陪着执意要换回影子的冯进马夜游城市时，也许便是真相显形的时候。用冯进马自己的话来说："我想看看自己利用这次交易，究竟做了什么。"在这场夜游中，冯进马看到自己为这个城市打造的两栋地标式建筑，一栋是他在这个城市完成的第一个建筑，一栋金碧辉煌高达三十八层的办公楼，另一栋则是晚近完成的充满未来感的钻石魔方巨型剧场。两种截然不同的场景被展示出来。

在那栋办公楼内：

> 通明的灯火都阻隔不了夜色远远地落下，笼罩着整座

城市，但这里仍旧像一片法外之地，凸显着自己的时令与节奏。由上至下，自左及右，整栋大楼数百个房间，每一个都灯光明亮，每一个都还有人在。有的人伏在桌前敲击键盘，有的人面对屏幕愁眉不展，还有些人围着长条或圆形会议桌，站着或坐着，在激烈地讨论。有人在不同房间里穿来走去，收集或发送着手里的资料，有人手里端着咖啡，在窗前远眺，一口一口吞咽。远离窗户的走廊、过道，一定还有人独自抽着烟，看着明灭的烟头发愁，也一定还有人聚在一起，互相点着烟，谈笑风生。

而剧场则是：

从这儿望过去，可以看见剧场此刻调整成了T形。T形那一竖里的十数个空间塞满了演出，国内的国外的，戏剧的戏曲的，个人演唱的群体合唱的，舞美灯光尽善尽美的，清清爽爽不插电的……应有尽有，每一种都不缺乏观众。T形那一横分割成三个最大的空间，左边正在举行一场魔术表演，魔术师取下自己的头颅，正抛掷飞去来器一样，将它一次次扔向下面坐着的观众，带给他们欢呼的惊悚；右边正在举行一场音乐会，看指挥的动作、乐队的人数、乐器的繁多，应该是一支交响乐，观众们也都正襟危坐，隔着几十米，都能想见他们严肃的陶醉表情。

这两种场景并置时，会产生奇妙的意义对比。前者是忙碌的人间景象，欲望在其中翻腾，或受挫或转化成塑造现实的力量。后者则充满狂欢、享乐的气息，欲望在其中化为缤纷的幻觉，这些幻觉或许含有指向未来的能量；这也是个欲望被暂时悬置的地方，是对现实按下的暂停键。如果说，标志性建筑塑造着现实空间的格局和气象，那建筑的外形、内部空间和功能则衍生出某种精神层面的意义、价值和秩序。正如冯进马自己体会到的那样："那些如剪影似皮影通过窗户玻璃展示的人影……是无声的，是通过一栋楼整合出了秩序的……"当灰衣人向冯进马这位如今"最神秘、最有影响的地产与影视巨头"指出他在这个城市的成就时，其实是指出了他的那些欲望所转化成的新的秩序和意义。换而言之，在灰衣人的眼里，那些拥有"天赋异禀的影子"的人的欲望代表着新的秩序和意义发生的可能。

三

那么，这些新的秩序和意义所蕴含的力量在塑造现实之后，终将指向何处？当"园子"和"老人"出现的时候，这个与欲望相关的故事便进入了超验的时空。李宏伟戏仿"创世记"重建了"伊甸园"，把一个"此岸"的故事移植进了"彼岸"的世界。

老人并不轻易说出园子里事物的名字。起初，老人到来时，园子就在，园子里的一切也已在此，但仍必须说，园子是老人创造的。园子里的所有，山川、河流、平地、丘陵，都是按照老人的想法，由他一手所造；山岭的高寒、荒漠的不毛、沼泽的连绵、原野的葱茏，也都依随老人的意兴，出自他的手。就连高悬的日，圆缺的月，风霜雨雪，星移斗转，也无一不是经由老人，才如此。

“老人”创造了山川河流、日月星辰、四季万物。按照老人的设定，我们身处的“这个世界只是园子里有名事物的投影”，“他说出的每一个名字，做出的每一次安置，都会让这座园子更明晰一点，而这明晰也会进一步填充园子投射的那个世界的空间，让它变得满了一点点。”“老人”掌控着一切：“难道你们没有发现，这座园子里没有一样事物有影子吗？每一样东西都是它的自身也是它的普遍，是它的抽象也是它的具象。因此，它们才同时在生长在寂灭，在形成在固定，在分蘖在并枝。”[1] 所以，他审慎地安排秩序，谨慎地命名。无疑，“老人”对“园子”的管理，就是绝对意志对绝对意义、绝对价值、绝对秩序的塑造。他是一切的绝对起源，神圣而现实，看似威严高远的召唤其实都是面面俱到的规训。前述提及的当代社会权力/资本起源神秘性问题在这里似乎有了答案。以彼岸的、超验的神秘性来

[1] 李宏伟：《灰衣简史》，《花城》2020年第1期。

解释现实领域的神秘现象，无非是重新确认了当代社会资本/权力来源的神秘性，并非只是待解的现象，而就是本质和真相本身。这种作为本质的神秘性无需理性辩论和外在程序作为确认依据，是透明、赤裸的“绝对”。

很显然，灰衣人直到被驱逐出“园子”的那一刻，都没有领会到“绝对”的含义：“命名权”就是“绝对”体现。灰衣人作为“老人”的影子，每一次命名都是对未知事物的赋义，都是对原有秩序的调整，这些无一不是对“绝对”的干扰、破坏和对“老人”的挑衅和反叛。

在“园子”里时，“灰衣人”还只是“影子”，他是老人将九个“影子”聚拢在一起并用自己的灰色外衣赋予其人类外形的结果，他获得这一切后随即被驱逐。首先，“九”与其说是有意义的数字，倒不如将其视为关于“影子”形状变化多端的模糊表达。由此，“影子”便成了歧义、暧昧和不确定的意义和秩序的隐喻，它意味着未知事物的现身及其带来新意义和秩序的可能，意味着新的主体性诞生的可能。其次，从影子变成灰衣人，依然是“绝对”来赋形赋义的结果。这个貌似带有授权意味的过程，其实彰显的是“老人”的至高权威，以及“绝对”对异质的驱逐。因为，灰衣人的力量只能在“园子”之外发挥，且永远不能摆脱那件属于“老人”的灰色衣服，因为这是权力永恒的烙印和伤痕。

所以也就不难理解，灰衣人何以要在现实世界孜孜不倦地挑选“选民”并助力他们实现欲望。因为每种欲望都意味着不可预测的意义和秩序的产生：

> 我要找到一些人，尽我所能，为他们提供一片领地、一个领域，看看他们如何规划、设计其中的生活，看看他们理想的秩序能达到什么程度，看看他们得到、设计、实施过程中，能够舍弃什么，能够对同类严厉到什么程度。

所有在“绝对”规定之外的意义和秩序，对“老人”而言都是需要防范的意外、混乱和力量。因为，“老人”所担心的正是：“也许等到那个世界的空间完全被填满，它将反过来影响园子。”

由此，那些在现实世界翻腾的欲望也就有了正面的向度，他们见证、参与了一场发生在“老人”的暴政与“灰衣人”的抗争之间，关于世界“命名权”的争夺和为建立新秩序而进行的斗争。这并不意味着“灰衣人”代表着所谓的永恒正义，正如我们在冯进马的故事中曾经看到权力/资本狰狞的样子，冯进马对前女友的设计如同“老人”对现实世界的处置，那是“绝对”的“恶”投射于这个世界的又一个影子。但不必因此而否定冯进马在那个城市中建立的意义和秩序中所蕴含的其他可能性。要知道，那些变化多端的欲望、影子由混沌、模糊逐渐生成各种意义、秩序的过程中，总会蕴含着多元的、广阔的、朝向未来、预示希望的选择和可能。至于，这个世界是否真的是“园子”的投射，还是李宏伟故意把一个极其现实的故事挪移到超验时空来讲述，这样的问题已经不再重要。

四

《灰衣简史》再次表明李宏伟一如既往是个偏执的形式主义者。在这部小说中，除了对《浮士德》及其衍生故事的借鉴，在其他方面亦体现了他对形式愈加偏执的迷恋。小说整体上采用了古代典籍的内、外篇结构。通常说来，“内篇为作者要旨所在，外篇则属余论或附论性质。”所以在结构安排上，内篇置前，外篇附后。但是在李宏伟的处理中，他在外篇中采用了药品说明书的内容结构和行文风格，即以言简意赅的语言和条理性、层次性的信息，提醒了小说的主题和理念。相应地，他在内篇里铺陈、演绎了小说的主体内容，即由灰衣人、冯进马、王河、“园子”“老人”构成的一个时空交错的庞大、复杂的故事；同时，还不忘在其中插入一部《旁白》，当然可以把这部《旁白》理解为“选民”戏剧导演王河的剧本，很显然，这是对希腊戏剧结构中合唱队的模仿。简而言之，李宏伟在采用这种形式时，不仅故意颠倒了内篇和外篇的结构顺序，而且刻意让这两个部分的内容、旨意与其所署标题发生意义冲突，以反讽的形式凸显了叙事的焦点。此外，李宏伟对形式的着迷亦体现在某些段落和细节中：除了“老人”和“园子”对“创世记”和“伊甸园”

明显的挪用，还有冯进马刺瞎自己双眼的情节，很容易让人想起那个同样刺瞎自己双眼走入永恒黑暗和赎罪的俄狄浦斯。

这些无疑都可以归结为“戏仿”，因为它们都是对经典形式的创造性模仿。借用《灰衣简史》中的故事来形容，所有的“戏仿”都是经典形式的“影子”。可见，李宏伟对形式的偏执便是对影子力量的笃信。他相信，那些“饱满、健壮”的影子终将摆脱附庸、走向反抗，在强大的主体性中彰显“影子”的诗性正义。

比如那场泥沙俱下、众声喧哗的欲望“旁白”。严格说来，这些欲望的故事与小说中那些故事并没有情节意义上的关系，且它们皆可以还原为现实世界中的新闻事件。它们与小说唯一的逻辑关联大概在于，它们的主人都不是灰衣人的“选民”，其影子也属于“不值得报价”的影子。如果说，历史由那些“选民”书写，内容是那些成功实现的欲望；那么，那些失败的欲望将不值一提，而它们的主人亦注定成为“时代弃子”。因为试图在历史中留住那些在艰难时世中挣扎的“沉默的大多数”的身影，而又不至于沦为肤浅经验和廉价同情的传声筒，李宏伟便把事件编排成了“抒情”。古希腊合唱队的幽灵让那些沉默、压抑的欲望歌哭咏怀、直抒胸臆，不管是忏悔，还是愤怒和哀号，抑或是理直气壮的辩白，都在失败欲望的合唱中构成了清晰的声部。于是，失败欲望的“抒情”成为历史的“民谣”，在历史的黄钟大吕的间歇中执拗地展示自己的声线和旋律。正如，那些“旁白”其实是小说中重要故事的扭曲的影子，它们如影随形地跟随，仿佛是在提醒，欲望书写历史时的偶然和随性。

《灰衣简史》中这个片段，很容易让人想起李宏伟上一部长篇小说《国王与抒情诗》（中信出版社2017年版）中的《提纲》。这是一个由词语、词组、不连贯的句子、语气词、拟声词所组合而成的文字段落，占据整部作品体量的四分之一左右，却看不出与故事主体的直接关联。乍一看，像极了一部凌乱而不知所云的私人写作提纲。如果有足够的耐心和想象力，一些意义片段可能偶尔会被拼贴出来。考虑到故事主体中未来时空、高科技等所营造的语境，不妨将这份提纲理解为一部雄浑沉郁的人类史诗，包含着人类本真自我的秘密，它被故意切割成语言的碎片漂浮于浩渺的数据洪流中，以对抗帝国无处不在的监控、检索和清除。如同电影《黑客帝国》里的经典场景：从屏幕上方倾泻而下的字母雨或字母瀑布。那不是字母的随意坠落，而是代码片段、程序碎片伪装而成的美学幻觉。它们在等待时机被连接成完整的黑客病毒程序，以瓦解强大的人工智能系统及其所制造美丽新世界的幻觉。正如，那些语言碎片在等待被重塑为有着充沛的情感、丰富的智识的人类抒情史诗并广为传播，以摆脱由帝国科技所监控并塑造的、异化的情感、思维、信仰系统。“提纲”也好，“旁白”也罢，都是“抒情”，有时候，“抒情”像是“叙事”的影子，它们可以化为伟大叙事的光晕，亦可以让形迹可疑的叙事陷入无物之阵的迷雾。

事实上，早在李宏伟的第一部长篇小说《平行蚀》（作家出版社2014年版）中，他已经在借鉴史书的编年和纪传来处理个人成长与历史禁忌之间的复杂纠缠。在那篇精彩绝伦却鲜有人提及的中篇小说《来自月球的黏稠雨液》[1] 中，他更是大胆地采用官僚语言、行政文书的形式来讨论未来时空中的社会分层和区隔。就小说内容而言，社会实验和社会现实之间的分界时隐时现。无疑，李宏伟对形式的偏好一直如影随形地伴随着他的写作，形式的迷人之处正如影子的变幻不定，便于李宏伟怀揣利器在虚实之间腾挪闪躲，在某个猝不及防的时刻，让对手遍体鳞伤。

（原名《欲望说明书，或21世纪的梅菲斯特——关于李宏伟〈灰衣简史〉》，刊于《上海文化》2020年7月号。收入集子时，文字有所改动。）

---

[1] 《来自月球的黏稠雨液》曾作为单篇作品收入小说集《假时间聚会》（作家出版社，2015年）。后来成为李宏伟长篇小说《引路人》（北京十月文艺出版社2021年版）中的一部分。

第三辑

南方的谵妄

在《杜撰集》的《序言》中，博尔赫斯声称："《南方》也许是我最得意的故事"。[1] 这个故事始于一个叫达尔曼的人与《一千零一夜》的相遇，这样的相遇却让达尔曼的生死成为未解之谜。因为他想早点读到这本书而在匆忙中撞破额头，这之后所发生的一切看上去虚实难辨，既像是他漫长的康复过程，又像是他弥留之际的幻想。所以，对读者而言，达尔曼是否死亡、何时死亡确实是难以确定的事情。而对博尔赫斯来说，这可能就是他最得意的地方：达尔曼的死亡被无限延宕，他在用这个故事向他无比痴迷的《一千零一夜》致敬。借用他自己的话来说："《一千零一夜》并没有死亡。《一千零一夜》漫无边际的时间还在继续走它的路。"[2] 就像这个故事的结尾，达尔曼迈向了辽阔

[1] ［阿根廷］豪·路·博尔赫斯：《杜撰集》，王永年译，上海译文出版社2015年版。凡未标出处的引文皆引自该小说集。

[2] ［阿根廷］豪·路·博尔赫斯：《七夜》，陈泉译，上海译文出版社2015年版，第74页。

的未知：

> 达尔曼紧握他不善于使用的匕首，走向平原。

在谈及阅读和写作时，《一千零一夜》是博尔赫斯最常提及的例子之一。他曾感叹："每当我想到《一千零一夜》的时候，我首先感受到的就是这本书的海阔天空。"[1]类似的溢美之词还有"一本无穷尽的书"[2]"所有文学中最伟大的作品之一"[3]等。博尔赫斯对《一千零一夜》的推崇并不仅仅只是个人趣味问题，同许多有类似观念的作家一样，他们对朴素甚至有些粗糙的故事形态（或者说比较原始的叙事形态）的偏爱，其实是反观、审视现代小说某些局限的结果。1967年的秋天，博尔赫斯在诺顿讲座上很直白地说道：

> 我认为小说正在崩解。所有小说上大胆有趣的实验——例如时间转换的观念、从不同角色口中来叙述的观念——虽然所有的种种都朝向我们现在的时代演进，不过我们却

[1] ［阿根廷］豪·路·博尔赫斯:《诗艺》，陈重仁译，上海译文出版社2015年版，第132页。

[2] ［阿根廷］豪·路·博尔赫斯:《七夜》，陈泉译，上海译文出版社2015年版，第67页。

[3] 同上，第65页。

也感觉到小说已不复与我们同在了。[1]

十一年后，他在布宜诺斯艾利斯的贝尔格拉诺大学做讲座时，重复了类似的说法：“我们的文学正在趋向取消人物，取消情节，一切都变得含糊不清。”[2]在博尔赫斯去世多年以后，他的观念在英国作家 A. S. 拜厄特那里得到了热烈而深刻的回响，拜厄特以“史上最伟大的故事”为基调讨论了相关问题：

> 《一千零一夜》是关于讲故事的故事——并且总是关于爱、生活、死亡、金钱、食物及其他人类必需品的故事。叙事是人类的一部分，就像呼吸和血液循环一样。现代主义文学试图抛弃故事，它觉得讲故事是粗俗的，于是以闪回、顿悟、意识流代替它。[3]

很显然，现代小说的某些症候，比如在修辞、形式层面对技术的热衷，在观念层面对自我的迷恋，在经验沟通、共情传达等层面与世界之间有意或无意的障碍设置等等，在博尔赫斯

---

[1] ［阿根廷］豪·路·博尔赫斯:《诗艺》，陈重仁译，上海译文出版社2015年版，第72页

[2] ［阿根廷］豪·路·博尔赫斯:《博尔赫斯，口述》，黄志良译，上海译文出版社2015年版，第72—73页。

[3] ［英］A. S. 拜厄特:《论历史与故事》，黄少婷译，译林出版社2016年版，第230页。

等人看来都是难以忍受的事情。在他们的心目中,《一千零一夜》意味着“起源”：在无穷无尽的时空中，想象力催生着想象力，故事繁衍着故事。这些故事以“镜像”或“原型”的方式映射着古往今来、连绵不绝的世界景象，或者说，这个世界的纷繁缭乱的景象其实就是那些故事不断变形的结果，它们是维持这个世界运转的永恒秘密。博尔赫斯转述过德·昆西的一个观点：“世界充满着对应关系，充满着魔镜，小事物里往往有着大事物的密码。”[1]

拜厄特的观念显得更为激进。“人类必需品”“呼吸”“血液”等词语都以较为直白的方式强调着“故事”与人类的基本状况及其朴素的精神诉求之间的密切关联。人类需要在时间的进程中不断审视自身与周遭世界的关联，而这种带有自我确认、自我安慰意味的情感、精神诉求都能在那些粗糙、原始的故事形态中得以安放。换而言之，面对有限人世的各种困境和愁苦，无尽时空中繁茂生长的故事总能提供抚慰人心的场景和时刻。

这种朴素的文学慰藉，亦是博尔赫斯这些作家偏爱《一千零一夜》的重要原因。在其晚期小说集《布罗迪报告》的序言中，他还在强调:“我写的故事，正如《一千零一夜》里的一样，旨在给人以消遣和感动，不在醒世劝化。”[2]阅读的愉悦其实涉

[1] ［阿根廷］豪·路·博尔赫斯:《七夜》，陈泉译，上海译文出版社2015年版，第74页。

[2] ［阿根廷］豪·路·博尔赫斯:《布罗迪报告》，王永年译，上海译文出版社2015年版，第Ⅱ页。

及“故事”和小说的分野。简单说来，小说固然脱胎于“故事”，却在经历资本主义文化分工的洗礼之后成为其对立面，特别是经由现代主义的重构之后，小说成为一种知识门类。知识的首要目的在于认知和判断而非共情和交流，它在构造、传播和接受等层面都设置了技术门槛。如果再考虑到，被“现代”发明的“自我”居于小说中的核心地位，那么就会形成那种以片面经验作为内容、以观念的独特性作为旨归的叙事形态。由此，小说成为语言编织的谜题，而阅读则成为以技能培训为前提的解密过程。简而言之，以知识、智力作为标榜的伪真理形式，强调的是一种文化象征意义上的等级感和优越性，由此带来的阅读难度及其接受挫败感，大概还是现代小说特别是现代主义小说引以为傲的地方。所以，博尔赫斯会认为“像乔伊斯那样的作家基本是失败的，因为他的作品读起来太吃力”。[1]

这里并不是暗示要降低叙事的智识水平来换取阅读的愉悦感。只是在重提一些朴素的常识，“故事”这种叙事形态在经验、意义的沟通、传递层面采用了那种更为平等、开放的邀约姿态。讲故事的人热情地邀请听故事的人共同参与意义创造，而非如某些傲慢的现代作家所为，要么制造那些刻意隐藏入口甚至拒绝入口的迷宫，要么强迫读者按照指定路线进行意义寻宝。当博尔赫斯说《一千零一夜》中“魔法乃是一种不同寻常

[1] ［阿根廷］豪·路·博尔赫斯:《博尔赫斯，口述》，黄志良译，上海译文出版社2015年版，第11页。

的因果关系”[1]时，他并不是在鼓吹怪力乱神的叙事逻辑，而是提醒，在人类有限视野之外，世间万事复杂、丰富、隐秘的意义关联。要知道，《一千零一夜》中魔法并不属于特定的人群或职业。在各种身份、阶层的群体中随时都会出现懂得法术的人，但是每一次魔法的实施其实都是事物之间的联系、事情的真相、种种意义被掩盖或揭示的过程。魔法权利可以被开放、民主、平等地拥有和使用，是探索、发现意义的工具和手段。把工具和手段呈现在读者面前，这对读者而言是一种坦诚的邀约。在这些故事里，时间虽然无穷无尽，但是它缓慢的流逝状态却营造了某种相对平稳却又淡化特定色彩的空间感，像是稍显简陋的戏剧舞台上永不更换的朴素背景，于是那些具体而又具有普适色彩的人、事、物得以凸显在前台，形象、直观地演绎种种联系和意义。这也就不难理解有些故事何以会有寓言的意味，但这并不是故事的本意。那些鲜活的画面不断地从故事中涌现、叠加。借助魔法的帮助，读者总能从中辨认出自己所信赖的意义世界，沉浸其中，愉悦，安稳。就像博尔赫斯说的那样：

> 人们希望迷失在《一千零一夜》之中，人们知道，一旦进入这本书就会忘记自己人生可怜的境遇；一个人可以进入一个世界，这个世界有原型人物构成，也有单个

[1] ［阿根廷］豪·路·博尔赫斯：《七夜》，陈泉译，上海译文出版社2015年版，第68页。

的人。[1]

所以，《南方》是一个人与一本书、一个世界相遇的故事。对博尔赫斯来说，他写下这个故事是为了抚慰那些对遥远的、激动人心的过去保持零星记忆却在生活中郁郁寡欢的人。像大部分故事一样，开头通常是简洁的背景介绍。达尔曼的家族并不显赫，却充满了传奇色彩，这让如今身为图书馆秘书的他羞愧不已。他勉强维持远在故乡的庄园，与其说是守护一份财产，倒不如说是保存一段记忆。用小说的原文来说："他满足于拥有一注产业的抽象概念，确信他在平原的家在等他归去。"于是，达尔曼此后的一切遭遇都像是热切的返乡之旅——"达尔曼几乎怀疑自己不仅是向南方，而是向过去的时间行进"——至于是实际行动还是精神谵妄时的想象力狂欢，都变得不重要。重要的是，这是向过去张望的姿态，过去会被讲述成故事，而故事里有寄托。

无论如何，达尔曼这个有着"心甘情愿但从不外露的低人一等的心理"的男人从一开始就拥有了那种越出虚构的边界召唤同类的气息，即那些在庸常的生活里既无法振作亦没有沉沦、心中时有星火明灭却又秘而不宣的人。这些人是我们生活中的大多数。

---

[1] ［阿根廷］豪・路・博尔赫斯：《七夜》，陈泉译，上海译文出版社2015年版，第67页。

达尔曼撞破脑袋卧床在家被高烧折磨得神志恍惚之时，死神大概已经站在了他的身旁。“《一千零一夜》里的插图在他噩梦里频频出现”，这样的表达似乎在暗示：依次出现的疗养院、城市的街道、咖啡馆、火车、杂货铺、平原这些场景及其发生的故事，皆来自达尔曼在想象中铺展的归家之旅。这些场景前后衔接正如故事不断生长，以至于没人记得现实中即将降临的死亡。故事在抵御死神的触摸。

当然，也可以认为前述的一切真实地发生了：达尔曼被从家送到了疗养院，康复后踏上了归乡之途。只是与疗养院有关的痛苦记忆不断闪现在本该明媚欢快的归乡之路上：达尔曼在咖啡馆想起“疗养院禁止他喝咖啡”；在火车上想起自己“关在疗养院，忍受着有条不紊的摆布”；在杂货铺觉得店主面熟，“疗养院有个职员长得像他”，且这个此前从未谋面的店主居然知道他的名字；在事关生死的决斗面前，达尔曼居然还在走神：“疗养院绝不允许这种事情落到我头上。”在本该愉悦享受的场景里或者需要全神贯注的生死攸关的时刻，何以那些痛苦的记忆总是毫无理由、猝不及防地出现？还有一个值得玩味的细节：在旅途开始时，达尔曼将城市的街道和广场与记忆中老宅的门厅和院落相混淆。这样的梦幻场景以及那些可疑的记忆闪回，或许在提醒另一种可能：达尔曼的肉身一直被困在疗养院，“极其痛苦的治疗”可能是达尔曼关于现实的最后感知，“听人摆布”不仅是他在疗养院的真实遭遇，也是他在尘世生活的写照。

于是，一直在生死线上挣扎的达尔曼在谵妄中想象了一场归乡之旅，在疗养院里康复，是想象的起点。这样看来，那些记忆片段在归途想象中非常突兀地出现，大概是因为肉身察觉到了死神在加快追杀脚步吧？痛苦的记忆片段不断闪进迷狂的想象，还构成了奇妙的隐喻：现实从未放弃对想象的压迫、破坏和渗透，它的阴影总是能够透过那些想象的缝隙浮现，提醒着想象的脆弱和虚妄。

在抵达终点之前，达尔曼提前一站下了车，博尔赫斯甚至懒得追问原因。终点本是故乡，可能也是现实中的早已命定的死亡。这次，故事再一次推迟了直面死亡的时刻。这个情节让人想起博尔赫斯讨论时间时所转述的一个例子：

> 让我们假设有一段五分钟的时间。为了度过这五分钟的时间，必须度过这五分钟的一半，为了度过这两分半钟，必须度过这一半的一半，如此直至无穷，因此永远也不可能度过这五分钟。[1]

这种带有诡辩性质的时间观念如果被空间化，就是著名的芝诺悖论。在这样的观念中，一段旅程将永远在路上；而故事的发展，则是一个被无限推迟结局的过程。可以说，时空的诡

[1] ［阿根廷］豪·路·博尔赫斯:《博尔赫斯，口述》，黄志良译，上海译文出版社2015年版，第85页。

计是故事的天然属性。故事里的意外、巧合等正是故事时间或空间的切割点，由此逸出的情节便逃离了当初设定的终点或结局。故事可以被这样无限切割下去。《一千零一夜》里故事不断地旁逸斜出，便是如此切割的结果。

所以，达尔曼提前下车后，注定将有新的故事发生。于是，便有了一场生死决斗。可以说，这是达尔曼为自己安排的一场冒险或奇遇。高乔人是西班牙人与印第安人长期通婚造就的混血人种。那么，那个扔给达尔曼武器的高乔人会是当初用长矛刺死达尔曼外祖父的印第安人的后裔吗？或许，这场即将发生的决斗，就是他向传奇般的先辈和梦幻的故乡回望、致敬的方式。只是当他准备决斗时，粗鄙的现实再次浮现，提醒这一切可能只是幻想：

> 他跨过门槛时心想，在疗养院的第一晚，当他们把注射针扎进他胳膊时，如果他能在旷野上持刀拼杀，死于搏斗，对他倒是解脱，是幸福，是欢乐。他还想，如果当时他能选择或向往他死的方式，这样的死亡真是他要选择的或向往的。

或许正是当初那一针击溃了达尔曼的理性及其施加的自我压抑，陷入谵妄之中的达尔曼终于摆脱了现实的羁绊彻底释放了自己。于是，一场混合着深情返乡、亡命天涯等主题的浪漫主义旅程开始了。其实直到最后，我们也并不清楚达尔曼是否参加了这场决斗，只知道他手握刀子走向了平原。或许，新的故事将在那里发生，故事的结局依然遥遥无期。借用拜厄特评价《一千零一夜》的话来说："用无穷无尽的新的开始抚慰我们对结局的恐惧。"[1]她也同时对博尔赫斯的小说表达了类似的看法："优雅精巧的故事的小古董，叙事好奇心的粗俗满足，却可以对抗死亡。"[2]所以，《南方》就是博尔赫斯与《一千零一夜》相遇的结果，它脱胎于粗糙、朴素的故事形态，成了"优雅而精巧的故事"。《一千零一夜》在《南方》中出现了四次，它的每次现身，都是现实退隐、故事浮现的时刻。

达尔曼有点纳闷，当它什么也没发生，打开《一千零一夜》，似乎要掩盖现实。

所以，博尔赫斯会说："既可以把它当作传奇故事的直接叙述者来看，也可以从别的角度来看。"但不论从哪个角度来看，《南方》的故事都是发生于第一千零一夜之后的又一夜。

（原文刊于《小说界》2021年第5期）

[1] ［英］A. S.拜厄特：《论历史与故事》，黄少婷译，译林出版社2016年版，第230页。

[2] 同上，第236页。

世界是一次次有待验证的想象和虚构

一

1927年10月24日，29位世界顶尖级科学家走进了荷兰实业家欧内斯特·索尔维在布鲁塞尔建立的生理学研究所，他们之中有17位已在此前或将在以后获得诺贝尔奖，在接下来几天里他们将就“电子和光子”这个话题展开讨论。这便是著名的第五次国际物理学会会议，又称第五次索尔维会议。这次会议之所以被人无数次谈起，是因为阿尔伯特·爱因斯坦与尼尔斯·玻尔在量子理论上的观念分歧及其激烈碰撞，而马克斯·普朗克、保罗·狄拉克、埃尔温·薛定谔、维尔纳·海森堡、路易·德布罗意等这些量子理论领域里程碑式的物理学家们亦以各自的理论构想和方程式参与了这场论争。爱因斯坦那句广为流传的话“上帝不会掷骰子”便来自这场论争，玻尔则以“不要告诉上帝怎么做”反唇相讥。两位物理学家竟以神学式的语言来表达理论的终究诉求，这至少能够说明，在这个星球上最为深邃、辽阔的大脑中关于世界的基本认知依然笼罩于重重迷雾之中。这场论争延续至今，但这并不影响广义相对论与量子力学以某种矛盾冲突的方式构成了现代物理学两块最重要的基石，换句话说，这两种理论以某种悖论的方式建构了现代科学关于这个世界最基本的认知框架，那些最为前沿的技术和应用皆受惠于此。只是很多时候，我们既难以理解，亦感受不到它们与日常生活的关系。在相对论和量子力学诞生100多年后，智利作家本哈明·拉巴图特试图以文学的方式把这些深奥的知识与人类的社会、历史进程那些隐秘而伟大的关系讲述出来，于是便有了这本小说集《当我们不再理解世界》[1]。

二

世界在多大程度可以被理解，始终困扰着人类。在与小说集同名的那篇小说中出现了一幕意味深长的戏剧性场景。在哥本哈根冬季的深夜酒馆里，海森堡被一个醉汉纠缠。醉汉抱怨了“这个时代所有的那些大灾难，所有悲剧，所有屠杀，所有的恐怖”之后，突然对着海森堡怒吼：

[1] ［智利］本哈明·拉巴图特:《当我们不再理解世界》，施杰译，人民文学出版社2022年版。凡未标明出处的引文皆引自该小说集。

请您告诉我教授，这些疯狂是从何时开始的？我们从什么时候起就不再理解这个世界了？

很显然，醉汉并不知道他与他面前这个人并不属于同一个世界，或者说，在海森堡的观念中，醉汉所怀念的那个稳固、可靠的世界从来就没有存在过。1920年代中期的海森堡正痴迷于为量子世界立法，量子力学的不确定原理和矩阵理论将以高度抽象的数学形式颠覆、瓦解那个已经被牛顿定律支配了近三个世纪的宏观世界的根基，而这些理论不仅是量子力学基石之一，且其基本方程至今还在被有效应用：

决定论者认为，只要发现支配物质的规律，就能认识最古老的过去，预言最遥远的未来。如果所发生的事情都是前一状态的直接后果，那只要看看现在，再跑跑方程，就能获得神一样的知识了。而有了海森堡的发现，所有这一切都成了幻想。我们无法掌握的不是未来，也不是过去，而是现在。我们甚至都没有办法完全了解一个渺小粒子的状态。无论我们如何审视事物的根基，总还是会有模糊的、不确定的东西。

事实上，我们如今关于世界的基本认知依然在被牛顿力学所掌控，或者说，那个看上去秩序井然、因果关系明确、状态连续稳定的宏观世界还塑造着我们的常识水平，因为，这一切看上去直观且容易验证。然而我们已经在其中浸淫很久的智能时代却是来自量子世界的馈赠。大部分时候，我们对这种分裂无知无觉，心安理得。毕竟技术只展现产品和用途，不提供知识和世界观。我们安然于幻觉的原因，可以借用当今世界最著名的量子物理学家之一卡洛·罗韦利的话来描述：

> 如果我们拥有关于初始数据的充分信息，牛顿物理学就可以对未来进行精准的预测。然而在量子力学中，即使我们能够计算，也只能计算出事件的概率。这种微小尺度上决定论的缺失是大自然的本质。电子不是由大自然决定向左还是向右运动的，它是随机的。宏观世界的表面决定论只是由于微观世界的随机性基本上会相互抵消，只余微小的涨落，我们在日常生活中根本无法觉察到。（《现实不似你所见》，湖南科学技术出版社，2017年）

只是当我们开始对高速、纷繁的变化产生疑惑和不安时，我们便成了那个在寒冷的冬夜里对世界充满恐惧和绝望的醉汉。醉汉无疑是人类面对自身处境焦躁不安却又茫然无措的隐喻。对醉汉来说，最好的解药无疑是知识的进步及其塑造的新世界观。然而这并不意味着本哈明·拉巴图特仅凭对科学知识的转译就能够成就一部出色的小说。积累丰富的知识所需要的耐心和坚持并不能解释一个作家的天分和技巧、才气和能量。所以，拉巴图特出色之处正在于他善于把复杂、晦涩的知识编织成想象力奔腾的故事。

我们甚少去考虑知识与故事之间的隐秘联系。知识是对特定对象进行观察、描述和归纳的结果，这是一种省略细节、背景和过程的精简叙事。而故事则是在由想象力推动的细节铺陈中去展现具体环境中的人物、事件、关系的发生与过程，这是一个不断添加信息和意义的扩容叙事。表面上看，这是两种相反的叙述方向。但是，当我们谈起知识时，其实是在描述知识的来源、用途和意义，这便意味着知识的理解、接受和传播是要依托于具体的语境来展现的，而语境则需要具体的背景、人物、事件、关系来建构。这样，关于知识的谈论就有点类似于故事的讲述。当我们把知识视为审美因素和叙事动力时，关于知识的谈论就成了知识如何与人和世界产生关联的描述，这是一种讲故事的形式、姿态和过程。想象一下人类繁衍、进化至今却为何依然没有改变关于故事的迷恋和崇拜？那是因为故事中包含着具体情境中人的各种需求，不仅包括道德训诫、情感慰藉，还有人关于自我、世界及其关系的认知渴求，这种认知其实就是知识在具体语境中的形式和意义。换而言之，道德、情感和知识围绕着人的具体生存处境而相互作用，共同构成了一个好故事的基本纹理和底色。

《普鲁士蓝》便是一个这样的好故事。被命名为“普鲁士蓝”的世界上第一种现代合成颜料，其实是炼金术副产品，而这并不影响它同时作为长生不老的灵药在世上招摇撞骗。作为人工颜料的替代对象，昂贵的天然颜料掩盖着欧洲对殖民地漫长而残酷的资源掠夺的历史，而炼金术虽是蒙昧时期欧洲历史形象的一个侧影，却也是近代化学实验的雏形。当一名化学家误把硫酸掺进灵药，现代世界最致命的毒药之一氰化物就诞生了。永生灵药的自负和虚妄，致命毒药的高效和残暴，皆为知识的形象，它们互为表里，像是关于现代历史的预言和诅咒。氰化物后来成为一种叫作齐克隆 A 的气体杀虫剂的主要原料，而它的知识升级产品齐克隆 B 将在1941年以后被源源不断地释放于纳粹集中营的毒气室中。当它们被使用时，优雅、迷人的蓝色会在烟雾散尽后露出狰狞的表情：

如今在奥斯维辛的某些砖墙上还能见到这种颜色。

在人类历史的进程中，总是不断有人把自己的同类视为需要大规模清除的虫豸。随着知识生长的规模、速度的激增，这些事情所引发的情感共振、道德焦虑和伦理关切被以科学为名的知识稀释得日益稀薄。知识与现代社会这种荒谬而邪恶的关系至今依然环绕着我们的生活。

齐克隆 B 是犹太人弗里茨·哈伯研制的。这位德国化学家发明了氨合成法，以工业化量产为导向的技术改进，使得大批量、低成本制造氨气、氮气、人造氮肥成为可能，而人造氮肥对整个世界的农业发展都是一种里程碑式的推进：

> 如今我们体内将近百分之五十的氮原子都是人工制造出来的，而世界人口的一半多仰赖于用哈伯的发明施过肥的食料。正如当时报纸上所说的，没有这个“从空气中提取面包的人”，可能就没有我们的现代世界了。

正是这样一个为整个人类带来福祉的科学家，却在1915年成为德军毒气战的主要策划者和积极实施者。令人感到讽刺的是，当他在1918年以战犯身份避难于瑞士时，却收到了瑞典皇家科学院的通知，要授予其诺贝尔化学奖，这自然是因为他多年前的举世成就。更为讽刺的是，从化学武器的使用情况来看，协约国与同盟国之间的对决其实是两个诺贝尔化学奖获得者之间的较量。哈伯的对手是1912年获奖的法国化学家维克多·格林尼亚。氯气刺鼻呈黄绿色，光气无色有腐草味，芥子气同样无色却散发着辛辣的大蒜或芥末气味，它们作为知识的形象和味道飘荡在“一战”时期的欧洲大地上。知识再次在现代世界扮演了一个诡异的角色，仿佛知识对人类的拯救只是为知识屠戮人类提供更多的对象和机会，仿佛这一切只是为了验证知识本身的效能和威严。知识的意义和功能、人类的道德状况、国家意志、民族感情之间的复杂纠缠成为现代社会如影随形的顽疾。

三

哈伯在1923年研制出齐克隆B时，大概不会想到他的族裔会在18年后成为这款增强版杀虫剂的目标。那些侥幸逃脱的“犹太虫豸”[1]在世界上四处流浪，世界历史的进程被深深地改变了。其中有只“虫豸”名叫阿尔伯特·爱因斯坦，他还是哈伯的好友。1939年，爱因斯坦在一份督促罗斯福积极推动核武器研发的信件上签下了自己的名字，从而与后来的“曼哈顿计划”有了直接牵连。这也成为爱因斯坦一生中争议最大的道德事件。

哈伯全身心地投入毒气战时，可能也不会想到，那些与他一样被狂热的民族主义挟持、对知识报国有着同样执念的科学家同行，或者说大大小小的爱因斯坦们，将遭到对手以同样手段所施加的报复。其中便有当时德国最著名的天文学家，犹太人卡尔·史瓦西，他同时是颇有建树的物理学家和数学家。在《史瓦西奇点》这篇小说中，本哈明·拉巴图特描绘了遭受史瓦西毒气攻击后的惨状：

> 脸朝下趴着，背上满是水泡迸裂留下的溃疡和痂，就仿佛他的身体已经化作了当下欧洲的微缩模型。为了分散注意力，

[1] 此表述引自《当我们不再理解世界》原话，不代表作者本意。

他忘了疼，他做了个目录，里面就包括恶疮的形态和分布、水泡中液体的表面张力和它们平均破裂的速度。可哪怕是这样，他也没法将思想从他的方程式所开辟的真空中解救出来。

那个能让曾在俄国指挥战斗的史瓦西抵御战争带来的毁灭性伤痛的方程式，便是“广义相对论”发表以来的第一个精确解，即著名的“史瓦西解”：

它完美地描述了一颗恒星的质量是如何使它周围的空间和时间变形的。

此时距离爱因斯坦在1915年末发表“广义相对论”才一个月左右，大约半年后史瓦西去世。我们无法假设，倘若史瓦西在毒气的戕害中幸存下来，会对“广义相对论”的发展、验证及其涉及的量子理论产生怎样的影响。如果说，知识对世界的毁灭已经不再让我们感到震惊，那么，知识对发明知识的人毁灭将重新唤醒我们的恐惧，这其实是知识自我吞噬的时刻，世界将在知识的黑洞中彻底消失，就像后来被证实的“史瓦西奇点”：

……史瓦西所预言的黑洞，它可以把空间像纸一样揉碎了，像熄灭烛火一样熄灭时间，任何物理力或自然法则都不能让他们幸免。

然而爱因斯坦却在1939年否认了“史瓦西奇点”发生的可能性。但就在同一年，两位比他更年轻的物理学家罗伯特·奥本海默和哈特兰·史奈德预测了黑洞的存在。这不仅是对爱因斯坦的反驳，而且推动了“史瓦西的观念是相对论的一个必然的结果”成为共识。三年后，美籍德裔犹太人奥本海默成为“曼哈顿计划”首席科学家，再过三年，他将在无尽的悔恨中度完自己的后半生。巧合的是，发表奥本海默、史奈德论文的《物理评论》（*Physical Review*）当期，还发表了爱因斯坦的老对手尼尔斯·玻尔与另一位物理学家约翰·惠勒共同署名的核裂变原理研究。这个丹麦犹太人将在六年后参与到“曼哈顿计划”之中。“曼哈顿计划”在它成功的那一刻就成了知识黑洞，它把世界上最优秀的头脑吸引其中，却让他们头脑中存储的知识、伦理、人性、世界愿景、历史经验统统丧失基本运行规则或者说完全失序，就像那两个在长崎和广岛被抛下的邪恶之物却被赋予了两个朴素的名字：“胖子”和“小男孩”。甚至可以说，在“曼哈顿计划”被酝酿的那一刻，知识就已经开始“自旋”，它将带着人类宿命般地奔赴万劫不复的深渊。再次借用卡洛·罗韦利的话：

我们这个物种不会持续很久……我们属于一个短命的物种，所有的表亲都已经全部灭绝。而且我们一直在破坏……在不久的将来我们也会成为唯一一个眼睁睁看着自己末日到来的物种，或至少是见证自己文明灭亡的物种。[1]

事实上，爱因斯坦并不是要推翻自己的理论和方程式。他很清楚史瓦西的那些理论推导和方程式演算都在正确的轨道上运行。但是“史瓦西奇点”的出现会让现今所有的基本物理概念及其作用完全失效，即前述引文中提到的“时间”“空间”“物理力”“自然法则”。“广义相对论的数学在奇点上失效了，物理学没有意义了”。简而言之，“史瓦西奇点”取消了物理学自身存在的意义。世界在奇点被抛入虚无，不存在、不可解释、不可预测。这些结果所提醒的方向将会动摇他关于物理学的根本理解。

他坚持认为确有独立于相互作用的客观存在……相信事物不会像理论呈现的那样奇怪——在其“背后”，肯定存在一个更为合理的解释。[2]

爱因斯坦所笃信的“确有”对量子力学的“不确定性”来说，是不存在的：“电子在没有相互作用时不在任何地方……物体只有在从一次相互作用跃迁到下一次作用时才存在。”简单说

[1] ［意］卡洛·罗韦利:《七堂极简物理课》，文铮、陶慧慧译，湖南科学技术出版社2016年版。

[2] ［意］卡洛·罗韦利:《现实不似你所见》，杨光译，湖南科学技术出版社2017年版。

来，“事物只在相互作用时才会出现。”（《现实不似你所见》）所以，爱因斯坦关于“史瓦西奇点”的激赏及其后来的否认，其实只是他与玻尔之间理论分歧的一个延续。

尽管，爱因斯坦与玻尔后来彼此承认了对方理论上的自洽，但他们从未在关键问题上做出妥协，而此后的物理学发展既没有证实或证伪他们各自理论体系的根本基点，亦没能弥合两者在量子理论理解上的根本分歧。但这并不妨碍他们的理论体系及其发展在诸多具体领域所起到核心支撑和基本框架作用。以至于如今的物理学家们会感叹道：

> 一个世纪已经过去了，我们仍停留在原地……
>
> 物理学家、工程师、化学家和生物学家每天都会在其领域中运用到理论的方程式及其结果，但它们仍然十分神秘……
>
> ……已经诞生一个世纪的量子理论，究竟是什么呢？一次对实在的本性探索？一次碰巧奏效的荒谬错误？未解之谜的一部分？还是我们尚未完全破译的解释世界结构的重要线索？[1]

我们至今无法洞悉这些理论本身的内在秘密，而这些理论

---

[1] ［意］卡洛·罗韦利：《现实不似你所见》，杨光译，湖南科学技术出版社2017年版。

却在持续不停地创造日新月异的现实和肉眼可见的未来。当卡洛·罗韦利以科学家的身份把这些理论与“荒谬”“神秘”“错误”之类的词语建立起可能的关联时，可能需要我们去重新理解小说集《当我们不再理解世界》里提到的那些科学家及他们的开创性理论。他们对世界秘密的探寻，其实就是在用方程式、理论模型和实验来建构关于世界的想象和虚构，只是这些想象和虚构至今还在等待被验证。换而言之，我们如今生存的世界其实是一次次想象和虚构相互叠加、相互作用的结果。或许有一天，这些想象和虚构终于被证伪，等待我们的可能是世界的崩溃，也可能是文明的跃升。但无论如何，我们的日常生活、周遭世界和未知的命运一直都在被想象力隐秘地反复塑造。正如卓越的物理学家卡洛·罗韦利所提醒的那样：“理论的晦涩难懂并非量子力学的之过，而是由于我们的想象力有限。”（《现实不似你所见》）而优秀的作家本哈明·拉巴图特则用一个动人的细节做出了回应，他虚构了玻尔用想象力来开导学生海森堡的场景：

> 物理学家，就像诗人一样，要做的不是去描述这个世界上的事实，而是创造隐喻，创造思维上的联系，仅此而已。

物理学家与作家能彼此声息相通，或许是因为他们都能以各自的方式不断去探寻这个世界的秘密，并在某个未知的瞬间彼此吸引，就像物理学家史瓦西在临终谵妄中所爆发的深邃而耀眼的人文洞见：

> 史瓦西颤抖着问道，那人类大脑中有没有相应的东西呢？意志充分集中，数百万人受制于同一个目的，思想被压紧在同一个精神空间里，会不会生成一个类似于奇点的东西呢？他不仅相信这是可能的，而且正在他的祖国发生着。

（原文刊于《艺术广角》2024年第1期）

附　录

边角料

写在前面的话

这些短文有三个来源：一部分是参加完感兴趣的活动后的事后整理，部分文字在发表时曾被删减，在这里只是恢复原有的样子；一部分则是为了记录所谓的“灵感”而留下的片段，总以为某天会把它们变成“宏文”，却在无限拖延中彻底停工，抑或成为其他文章的片段；还有一部分则来自写作时的“走神”：明明规划了目标，却在写作中走上了其他方向，于是这些文字就被另存为未发表的“半成品”。

不管是哪种情况，它们都像是我写过的那些过于严肃、规范的批评文章的边角料。但是在重新整理的过程中，我发现它们更像是支撑我批评实践的主心骨。因为，我写的那些批评文章从未超出这些札记式的文字所划定的边界。

文学史依赖和概念崇拜

文学史依赖和概念崇拜，大概是我和我的同行始终无法摆脱的两个基本困境。

先谈谈文学史依赖所涉及的问题。很多作者面临新的作品、新的现象的时候，不敢直接说自己的判断。而是先罗列出一个文学史的脉络，希望新的作品和现象可以在文学史脉络下得到解释。这里面有几个问题需要讨论。第一，作家的知识积累和文学训练远比我们想象得要复杂。但可以确定的一个常识是：很多作家是不读文学史的，或者说，很少会有作家依靠文学史阅读或文学史教育来滋养写作。作家的写作从来不需要回应文学史问题。第二，文学史在本质上是一种叙述，这种叙述的本质在极端意义上可以被理解为虚构。我们总是根据自身的需要和时代的变化来重新书写文学史，这本身就说明文学史本身是不可靠的，且不存在一部客观的、可供描述的和膜拜的文学史。第三，文学史只是“文学”的历史，它专注于“过去”已发生的作家作品、文学事件、文学现象。“过去”被生产的过程其实隐藏了两个“切割”过程：一是，把“文学”从复杂的社会文化结构及其互动关系中切割出来，二是，把“文学”的大众文化属性剔除。相对于未来的文学所要面对的未知的社会文化状况和时势变迁，被切割、提纯后的文学史并不足以提供可靠的引导。后见之明的从何而来，在偶尔、随机的不可预测面前，往往不堪一击。

更进一步说，其实所有的文学史问题、文学问题最终都要归结为具体文本的问题。所以，我始终认为，在面对新作品和新现象时，首先需要假设它是独一无二的。至于它在多大程度与历史（文学史）和周遭世界关联，需要我们进入作品或现象的内部来谈论它。先了解，再判断。而不是先编织一个文学史的花篮，把作品往里面一丢，好像意义就由此获得保障一样。很多时候我们之所以把作品谈得越来越乏味，就在于我们在批评中过分信赖文学史提供的知识和判断，而甚少考虑批评家的主体性，批评家作为当代的人对历史和周遭世界的基本经验和感受。

再讲一下概念依赖的问题。批评的初学者难免会通过概念的炫耀来凸显自己的学识。这一点完全可以理解。但是掌握理论和基本概念之后，应该保持必要的警醒和反思。依凭概念和理论对文学文本、文学现象进行整合和阐释。这里存在一个可能的陷阱，当过分依赖某种理论和某个概念时，便已经提前预设了批评论述过程和价值判断。这里涉及的情况，一方面是使用某个思想脉络下的理论和概念去观照不同的对象，所造成的同质化的知识生产；另一方面是使用不同的理论介入类似的对象，误以为不同的价值判断便是知识创新。很显然，文学批评作为一种创造性的精神活动，不仅是知识生产，更是意义生产。

过分依赖理论和概念以及刻意的价值逼供，所带来的只能是知识的重复生产，而重复生产的知识恰恰是没有任何意义的。更为重要的时候，在我们沉迷于概念时，忘了诸多概念其实起源于针对具体情境中的具体经验的概括和判断。

其实文学史研究也好，文学批评也罢，终究是一种写作。检验这种写作最好的方法，也是最朴素的方法就是：当我们评述一个新的文本和现象时，需要设想读者的反应，即读者看到这篇批评后，是对我们评论的对象产生了好奇心，还是对我们评论的对象产生了疏远或者望而生畏的感觉。尤其当我们夸赞一部作品的时候，如果读者看到我们的溢美之词后，反而对作品丧失了兴趣，这是一个批评者最大的失败。

文学的职业与业余

我们现在知道，关于“文学”的认知是社会发展及其推动的知识分类的结果。换而言之，出于认知和职业分工的需要，我们从关于世界的知识中切割出一部分，命名为“文学”。在“文学”的内部，我们又制造出若干标准，对已经存在的和将要发生的认知，进行进一步的划分和规定。比如，虚构和非虚构，再比如，小说、诗歌、戏剧等。只要我们愿意，知识切割和分类可以一直进行下去……我们关于世界的认知就在不断地被网格化区分的过程中。

知识分类的结果就是所谓的“学科”“专业”。它的好处在于，能够让我们按部就班地掌握关于世界的某种知识并让谋生成为可能。它的弊端在于，我们常常会忘记我们获取的关于世界的知识其实只是复杂世界中某一个小小的网格内的真相。局部的真相和真理，往往意味着整体的荒谬和坍塌。所以，对此保持必要的清醒，我们的阅读和写作才不至于步入狭隘的境地。从这个角度来说，“业余”的文学观念指的是执迷于“文学只是文学”，而“职业”的文学观念则是指清醒地认识到“文学不仅仅只是文学”。简单说来，我们需要尽量拆除那些网格栅栏，让“文学”周边的知识照亮、丰富、深入、拓展我们关于“文学”的认知。

写作其实是一种复杂、边界模糊的认知过程，是不确定的自我和不确定的世界之间进行的一次次的交流和辨认。所以，它该具有某种朴素的、复杂的混沌状态。但是，学院教育在很多时候把这样的问题，以某种工具化的方式将其重新施魅了。学院教育确实教给我们诸多实用的工具，当我们熟练地使用它们的时候，除了能够证明我们是知识生产流水线上合格的操作工之外，再也证明不了别的。学院教育只负责教会我们使用工具，并不负责回答产品与世界的关系。所以，在学院教育完成的地方，我们应该重新思考，如何通过写作重新建立自我与周遭世界的关系，工具只是辅助手段，不是目的。

举两个具体的例子。

这些年，大家一提到双雪涛、班宇、郑执等人，在激赏中一定会提到“东北故事”这个词。引人入胜的故事和得体的修辞固然是构成优秀小说的基本要素。但是，当我们刻意强调“东北”的特殊性的时候，无形中就暴露了我们在地域差别、经济差别乃至阶层差别中无意识流露出的猎奇心态和优越感，这与在快手、抖音中给东北老铁们打赏、点赞的做法并无不同。就是说，我们已经无法以“平等”的态度来观照、审视他人的“日常”。别人的“日常”和我们自身的“日常”的交流、沟通、共情，是我们获得关于这个世界的基本经验、感觉和判断的前提，由此，我们方能成为阿甘本意义上的“当代的人”。之所以把双雪涛们的写作视为另类经验，最根本的原因大概是在阅读作品时缺乏基本的历史常识和历史同情。对文学史稍微熟悉的朋友都知道，在1990年代中期，当代文坛兴起过一阵叫作“现实主义冲击波”或“大厂文学”的写作潮流。这些作品对应的现实便是1990年代的国企改制和席卷全国的下岗潮。坦率地说，这是一批面目可疑的作品。他们用昂扬的历史乐观主义精神掩盖了历史的断裂和创伤，一代人的挣扎和诉求被消解为廉价、空洞的“共享艰难”，类似的汉语表达被弄得极其肮脏。比如，把“阵痛”这样的生理词语征用为政治表达，是缺乏基本历史伦理观的表现。这样的写作成为封存记忆和声音的手段。很多人最初遭遇双雪涛们时产生的陌生感和惊奇感，便与类似的社会记忆处理手段相关。

这便延伸出两个问题。首先，那些被上述写作掩盖起来的具体的现实及其困境，便是下岗工人第二代双雪涛们在成长岁月身处其中的日常，也是后来他们讲述的故事的基本语境。需要强调的是，他们书写自身记忆和经验的同时，其实也是把被压抑的父辈们的声音和诉求释放出来。这是绵延了几十年的声音、记忆、经验叠加出来的爱与哀愁。这是“日常”，而非可供把玩、围观的“传奇”。

其次，当代生活中的“东北”之所以有时会被娱乐化、污名化，那是因为我们对曾经富足、发达的东北缺乏基本的历史认知。只有当长期稳定的秩序发生变动、调整的时候，那些不安分的因素才有偶发的可能。所以，双雪涛们的意义正在于，他们发现了隐藏于了历史转型和秩序调整时期的伤痛与哀愁。

在这里，我必须及时补充一个前提：我是在承认双雪涛们是优秀的小说家的前提下，从“文学”的周边来强调、丰富、补充卓越的文学写作本身的意义和层次的。离开这个前提，上述的谈论都不成立，与“猎奇”心态一样，都是对优秀作品的不尊重。

下面的例子，依然有这样的前提。

第二个例子就是“方言写作”的问题。我想以90后作家周恺的长篇小说《苔》为例聊聊。它的优秀首先与“方言”相关。但倘若把“方言”当作小说的语言标签来谈，则肯定是误读。语言并非只是信息媒介，某种语言总是对应于特定思维特征和审美习惯。因此，某种方言就意味着某种作为日常的生活状态和社会形态。因为我们被普通话语音系统所主导的现代性思维和审美统治得太久，以至于会遗忘地方方言编织日常和历史的可能和合法性。因为我们的审美、思维和语言感觉被“普遍化”的事物格式化太久，以至于我们会用惊奇的眼光来关照“方言”及其周边，同时，有些作者也刻意使用“方言”来强化叙事的传奇性、戏剧性和地方性。而周恺对“方言”的态度，恰恰是去标签化、去传奇化，以避免成为被围观、猎奇的“异域”和“景观”。在《苔》中，“方言”就是“日常”，是某个被我们忽略的时空中某个地域的习俗、礼仪、伦常及其作为常态的现实感知和欲望表达方式……

日常是历史的某种面相，所以，方言问题也就成了历史问题。《苔》里的故事大部分发生在光绪年间（1875—1908），其间发生了甲午战争、戊戌变法、庚子事变、晚清新政等重大历史事件。谈及“历史”和“革命”，我们习惯用“起伏”“波折”“反常”“断裂”这样的思维来思考、描述它们的状态和影响，却很少意识到，历史饱含着日常的密度，而革命是为了塑造新的日常。对此，周恺显然有更为深刻的思考。在《苔》中，他引导我们发现，历史和革命如何缓慢地渗入日常，而日常又如何顽固、迟钝地回应、理解革命和历史，进而发生漫长而复杂的变化。简单说来，所谓“反常”和“断裂”如何在“方言”和“日常”中被缓慢孕育的过程，在周恺的描述中得到繁复而精准的呈现。同时，周恺非常自觉地使用了两套语言系统来描述这个过程和变化。在偏重世俗生活的章节中，方言非常贴合地呈现了那种重复、循环的庸常的世情，而到了那些与历史变动相关的章节中，周恺又开始使用半文半白的语言来推动叙事进程。语言的微妙转换，极为妥帖地表现出晚清社会与现代性潮流相遇前后的种种表现。用两套语言分别对应于历史的两种阶段及其情势，不能不说这是周恺在书写这段历史时的匠心。

周恺的匠心还体现于小说中对“时间”的运用。“时间”并非只是个计量单位。历史中的“时间”与历史中的人对周遭世界的感知方式和观念系统相关。所以，当周恺把小说中的时间用年号和阴历来呈现的时候，便造成了某种接近历史真实的叙事氛围。真实的历史氛围需要真实的历史细节来激活、填充、支撑。这又涉及周恺的另一个匠心，即知识的运用。《苔》中对行会规矩、民间习俗、江湖黑话、经商常识、钱庄运营、航运路线、匠人技艺、书院制度、官场习气等进行了翔实的知识性描述，它们涉及社会结构的各个层面的情势和关联。翔实的知识铺展固然是作家刻苦收集材料的结果，却并非散漫的、炫耀式的堆砌。充沛的知识被有目的地聚焦于那些旨在召唤历史之魂的细节上。在绵密的细节所编织的复杂的叙事关系中，那些人物才能带着言行、思想、感情的合理性和真实性，从历史的深处缓缓走来。

城市文学

城市问题就是当代中国的问题，讨论城市其实就是在讨论当代中国的种种症候。但对我而言，城市首先是作为知识和秩序的城市。这既是我个人的体会也是我观察城市的一个角度。我是一个小镇青年，在17岁之前，我一直生活在一个贫困的县城里。所以在刚进入城市读大学时，我是看不懂公交站台上的交通路线图的。所以，尽管从影视剧中我知道城市里有公交车和公交站台，但是我确实没法弄清楚站台上密密麻麻的路线图。对当时（1990年代中后期）的县城而言，公交车和路线图肯定是陌生事物，它与日常生活没有任何关系。所以，对我来说，搞清楚不熟悉的事物就是学习新的知识。坦率地说，在这样一个过程中，我并没有感觉到那些在诸多文本、影像里所刻意强化的、所谓的城市的排斥、压抑和歧视。其中最主要的原因，可能是一个小镇青年的求知欲和好奇心掩盖了一些东西，当然也有可能是因为我求学的城市和前两份工作所在的城市并不是那么发达，以至于能够让我在不知不觉中跨越一些什么。直到现在我还经常想类似的问题，是否真的存在一些所谓的沟壑和差异？那些沟壑和差异在多大程度是被构造的？我当时的心态是否亦是病态的表现？但是在展开道德、情感、社会等具体层面的批判和辨析之前，我必须尊重自己最初的基本体验和感受，即了解一座城市从一幅公交路线图开始，了解城市、融入城市其实就是学习一种知识和秩序。或者说，我关于城乡差别的最初体验，其实没有那么强烈的道德和情感色彩，更多地表现为一种渐进的学习过程：从我熟悉的知识和秩序中跳出，去学习、适应陌生的知识和秩序。

这样的基本感受会影响我看待城市的历史或者历史中的城市所涉及的一些问题。有些看法看上去可能不那么政治正确，但是不妨作为一种看待城市的角度提供给大家讨论。简单说来，有这样几点：一、如果把现代性作为历史刻度，那么在绝对的时差中，晚清以来的“西学东渐”可以粗略地被描述为，学习、模仿、移植作为他者的“国家/城市”的过程。简单说来，作为对象来学习、借鉴、转化的大部分思想资源、制度、技术，是以资本主义城市经验作为出发点的。换而言之，这些知识、秩序及其背后的意识形态是与资本主义城市历史发展进程密切相关的。二、1949年之后，出现一个新的观察维度。这个国家当时提出过消灭三大差别，其中一个差别便是“城乡差别”。消灭“城乡差别”，固然是要消灭贫穷，特别是乡村的贫穷，却也同时伴随着在当时被称之为“城市改造”的制度行为，即驱除关于城市意义认知中的知识、秩序及其背后的资本主义意识形态。所以，在相当长的时间内，市场经济思维笼罩下的文化、经济、空间意义上的城市是不存在的，乡村亦如此。围绕着户籍制度所建构的一系列政策、法规是了解这些的窗口之一。三、1980

年代以后，特别是新世纪以来的城市化进程又提出了新问题。在全球化进程中，这个国家重新开始借鉴欧美“国家/城市”的经验和教训，这固然是问题的一个方面，但是更为深层次的问题也呈现出来，乡村乃至三线、四线城市成为一线、二线城市或者说中心城市的附庸。反过来说，乡村、三线、四线城市成为中心城市的拙劣翻版。在这里，我们暂时搁置经济问题，同时也请诸位从中性的意义上来理解“拙劣”这个词。如果从中心城市的视角去观察，我们会发现存在着一个文化想象和消费在向三线、四线城市和乡村逐步降维、降级、变形的传播过程，甚至可以说廉价、劣质的文化商品从中心城市输出、倾销到这个国家的各个角落。这个过程其实呈现了当代中国的种种问题和面相。在这样的大背景之下，很多具体问题才可能得以讨论。比如，返乡书写是如何成为城市病的？失去阶层流动的可能的三线、四线的城市青年、小镇青年们如何成为国产影视剧的票房主力和网综流量、收视率的主要贡献群体的？杀马特这样的亚文化为何只能在城乡结合部成为时尚主流，而同样为亚文化的街舞、嘻哈为何只能在中心城市风行而无法被次级的城市消费？还有城市里的“城中村”所引发的种种问题，等等……很多时候，除了个别中心城市，整个中国更像是共享同一种城市文化诉求和想象的巨大的城乡结合部，其中的差别可能在价值等级上，而非本质区别。如何具体地描述它们确实是个问题。

非虚构

当我们继续讨论“非虚构”的时候，有些已经丧失生命力的话题不需要再被重新提起了，比如，报告文学。这种文体早已成为那种抽离了道德感的赤裸裸的虚构。“虚构”和“非虚构”本是描述经验、寻求意义真实的不同的叙述方式，两者之间并不存在高下之分。但是，当我们把这两个概念与“报告文学”关联时，便会发现这样的概念突然会显得污秽、不道德。所以，我希望有些话题再也不要被提起，这事关“写作”精神和道德的洁癖。

“非虚构”如今所面临的问题，其实并不是现在才有的事情。当我们继续谈论它的时候，审慎地回顾，既可以避免重复讨论，也是为了激活历史遗产，以补偿匮乏的当下。比如，就在先锋小说在文坛所向披靡的时候，新潮批评家代表人物之一程德培就指出了批评界跟随风潮自动而出现的遗漏，他指出1986年的文坛还出现了一种值得关注的现象，即“新闻小说”的繁荣。《唐山大地震》《中国的“小皇帝”》《阴阳大裂变》《多思的年华》《在蛇口，一次短暂的“罢工”》《命运狂想曲》《但悲不见九州同》《二月逆流》等报告文学作品涉及了中国改革进程的许多焦点问题，在读者群中引发极大的关注。但是评论界却对这种现象视而不见。程德培之所以用“新闻小说”这种说法来区别于当时通行的“报告文学”这种说法，很显然是因为他看到这批作品在技法、形态上借鉴了小说。顺着这条线索，我们会发现，在报告文学还保持文体尊严的1980年代，报告文学或者说类似报告文学的文体，在社会参与、公共关怀等层面一直与改革进程保持着密切的互动关系，它们在文学传播、文学接受中的影响力并不逊色于其他文类。从《哥德巴赫猜想》这样的积极配合国家政策、政治正确的宣传类报告文学，到刘心武《5·19长镜头》、《公共汽车咏叹调》这类侧重记录社会热点事件的纪实小说，到程德培提及的“新闻小说”，再到由人民文学杂志社、解放军文艺社联名倡议、全国101家文学期刊共同发起的“中国潮”报告文学征文活动（1987—1991），1980年代的报告文学及其类似文体全程参与到改革动态进程中社会生活的各个层面，大到改革方案、国家进程的路径选择，小到家庭生活的油盐酱醋、生老病死，这些文本大多严肃地揭示问题、讨论症结、提出解决方案，在整体形成了“中国向何处”的众生喧哗的大讨论。所以，当我们重新审视这股写作潮流时，会发现这些文本为改革探索时期的中国保存了翔实的“社会档案”，它们不仅历史地呈现了中国故事的种种面相，而且这面相中又充满鲜活、充沛的历史细节。这股思潮几乎与先锋文学同时发生，仅就其广泛、深刻的社会影响力而言是当之无愧的先锋，只是由于历史挫折和此后的文学史叙述的傲慢，它们成了有待重新辨认的历史遗迹。之所以要重新提及这股思潮，是想为当下的

“非虚构”写作及其讨论提供历史起源和本土参考。进一步说，在“非虚构”概念还未出现之前，这些如今可以归入“非虚构”范畴的作品曾经实现的探索维度和边界，是一个必须面对的问题。如此，当下“非虚构”写作及其讨论才能绕过那些不断被重复的老生常谈，重新发现、接续那些被中断、埋没的精神资源。

“虚构”与“非虚构”是一组相对而言的概念，在技法、形态、审美标准等层面有着大致的边界，但是两者却在关于“真实”的意义焦虑上具有共同性。所以，我并不赞成在“虚构”和“非虚构”之间设置泾渭分明的边界，在本质、本体的意义上区分两者没有意义。“非虚构”作者与“虚构”作者面对的是同一个世界，要克服的是同样的焦虑、障碍和禁忌，从这个层面来说，“非虚构”与“虚构”都是抵达真实的不同途径。从接受角度而来，“虚构”和“非虚构”更像是两种内容有所不同的契约关系，读者会默认某种契约关系的前提下，来决定、选择、判断“虚构”或“非虚构”的对象是否被“真实”呈现并产生意义。《叙事的胜利：在大众文化时代讲故事》这本小册子中曾提到一个案例，《冷血》在出版后遭遇了许多质疑，卡波特的回应非常精妙：“形似虚构的真相”。“虚构”在多大程度上助力于“非虚构”故事的“真实”呈现和意义传达，便成为值得认真对待的事情。简单说来，“非虚构”注重经验的直观呈现，而“虚构”则强调经验的变形曲笔，但最终都要以“故事”的形态表现出来。所以，我比较认同这本书的作者罗伯特·弗尔福德的开放性观念，他以“叙事”来整合“虚构”与“非虚构”的张力关系，而非强调两者之间的意义边界。甚至可以说，在“叙事”或通常所说的“故事”层面，“虚构”构成了“非虚构”的内在语法。离开了“虚构”，“非虚构”将无法证明自身，反之，“虚构”则可以独立存在。

举个例子。路内《雾行者》中有一个人物的身份发生了转变，即从文学青年变成了新闻调查记者。我在注意到这个细节时，内心产生过疑惑。这首先涉及的是叙述策略问题，当路内把人物身份设置为新闻调查记者时，也就意味他将现实领域内这个身份所代表的事实的精确性和意义的权威性带进了“虚构”领域，从而有利于他在“虚构”的故事中铺陈相关社会、历史信息，以强化其“虚构”的“真实”意味。只是，这样的策略是否显得过于直接和机巧？技术的痕迹是否过于明显？出于以下的原因，我很快打消了这种疑虑。“文学青年”的叙述视角构建了整部小说的基本情境和氛围，而新闻调查记者所携带的意义无论在文本内外都构成了对其视角的反思、补充和纠正；且路内对这种身份及其言行进行虚构的过程，本身就涉及作者与现实及其禁忌、障碍周旋的过程；所以，强度、显隐有所不同的复调微妙地交织在“虚构”与“非虚构”之间，也就成就了一部优秀的虚构之作。

最后，我还想讨论一个问题，当我们讨论“虚构”和“非虚构”时，文学批评本身意味着什么？在面对具体的文本时，文学批评无疑是一种建构。该如何理解这种建构呢？很显然，并不存在本体或本质意义上的文本意义，等待文学批评来实现；同时，当我们将知识积累、价值取向和现实境遇投射于某个具体文本时，是否意味着重新虚构了一个文本？由此，文学批评与文本、周遭世界的关系便变得可疑起来：在探寻真实意义和意义真实的层面，文学批评到底是歧路还是正途，抑或是率性而为的漫游？毕竟在几十年前，解构主义大师杰弗里·哈特曼就从“虚构性”和“创造性”两个方面去论证“作为文学的文学批评”这样的观点。但是厘清了这些概念、定义及其意义边界，真的有利于“写作”本身吗？为什么不能把“非虚构”“虚构”乃至“文学批评”这样的概念都理解为附加于复杂写作之上的某种修辞呢？可不可以把这种修辞理解为，某种抵御外在于写作种种干扰的托词和借口，是处理围绕在写作周围权力关系的不同方式？简而言之，这些概念和定义都是某种政治修辞，唯一具有实在意义的是写作行为本身。

新“小说革命”

在2020年10月举办的“第六届郁达夫小说奖审读委会议”上，学者、评论家王尧直言，小说界需要进行一场“革命”。后来王尧在《文学报》上以《新“小说革命”的必要与可能》为题具体阐发了他的观点，并引起了热烈讨论。

不久，张莉发起问卷调查。大概是因为版面限制，我提交的答案只有不到一半被刊登出来。有些观点被断章取义以后，难免以讹传讹。所以，我在这里提供一份原始、完整的答卷。

问：许多人会对当下的小说创作表达自己的不满，认为当下的小说创作出现了问题，您怎么看这种情况？你如何看待或评价当下的小说创作或自己的小说创作？

答：我更愿意把这个问题具体到自身阅读和关注的范围内来谈。从年龄跨度来说，我跟踪阅读的主要是出生于1970年代到1990年代的这个时段的作家作品。如果再过若干年，我的知识结构和审美判断还没有僵化，这个时间线可能还会向后推移；从文类上来讲，我又尤其关注长篇小说。我将这个年龄区间的作家视为同代人。通过阅读他们的作品，来寻找关于时代氛围、历史感知和文学观念等共识和差异，它们构成了我面向更广阔的世界进行对话、思考、写作的基点。在这个范围内，我个人觉得时有惊喜。

我承认，不满之声确实一直不绝于耳。但是当我们谈论不满的时候，我们到底在谈论什么？其一，作为批评的从业人员，我们是否是不堪的文学现状的共谋者。倘若不反思自身，而将不堪轻易地归结为创作，是否显得过于轻巧？其二，这种不满能否落实为由具体作家作品支撑的具体症候？泛泛而谈的不满是无效的。其三，“当下的小说创作”其实是个特别含混、模糊的表达，并没有具体指向。比如，我关注的主要是以期刊发表为中心延伸出来的出版、传播范围内的作家作品。而那些未经发表渠道而直接出版的部分作品，类型小说及其更为细致的作品分类，以及以其他媒介形式传播的小说，我则关注的较少。所以，我会以自己的局限性去猜测那些不满是否建立于广泛的阅读和观察之上，否则，这种不满很容易被具体范围内的写作消解。

最后，我想说的，在我的阅读、关注领域内，倘若每年有3—5部长篇小说，或者3—5部中短篇小说集，让我由衷地感到惊喜，并能以自己的批评与其中几部进行对话，那么我则是有职业满足感的。当然，这里肯定存在着我个人的局限性，而我的不满与满足只能与我的局限相关。

问：您认为当代小说创作应该进行一次变革或者革命吗？如果当代小说创作应该进行革命，您认为应该从哪些方面进行突破？

答：还是从我对个人和职业局限性的一些想法来谈。

一、文学史教育会使我们产生一种幻觉。文学史在本质上是一种充满后见之明、经过很多次裁剪的虚构叙事，我们却把这种虚构当作某种真理或标准，以为可以为未来的文学指明某种方向。在我看来，文学史是用来被打破、揭穿的，而非作为依据来遵循的，这就是文学史何以要不断被重写的原因。如果我们能走出这种幻觉，同时承认一种事实，即文学史从来就不是作家知识积累的主要来源，甚至可有可无，那么，我们在很多类似的问题上，就不会显得那么理直气壮。

二、对于文学史的膜拜，还滋生了那种很容易自我迷失、自我崇高的“批判思维”。这种狭隘思维忽略的是，批评/研究与创作是两种不同类型的话语，两者在关于“文学”的命名上是一种竞争性的平等对话关系，而非驯服与被驯服的关系。我所理解的批评的职业准则、职业道德的首要前提是，评论者不能把作家当作宠物，以为可以驯服、培育出自己想要的模样。

三、尽管我会把批评视为写作，亦非常强调批评的独立性，但是这种独立性是以依附性为前提的。所谓依附性，就是具体文本发生的偶然性和不可预测，它构成了批评行为发生的前提。倘若提前预设对手的样子，并提前做好应战的套路，这事多少会显得荒诞、滑稽。

四、上述这些问题都与我个人的局限性有关。很显然，我是现代学科分工/教育制度下的产物，学院教育决定了我思维的基本方式；在实践上，我也只是反复操作那种叫作批评/研究的单一文体。尽管我会根据知识积累、审美喜好、价值取向和政治立场来选择特定的文本表达自身，但是我面对的毕竟只是创作的成品和结果。所以，这并不意味着，我有能力、有资格对另外一种复杂写作的发生、过程及其可能的样子提出诉求和预判。简单说来，作为职业评论者，我对具体的创作成品做出再严厉、再激烈的批评，都是合理的。但是，对于未发生的创作、正在进行的过程、未显形的成品，我的任何干预都是不道德的。

问：王尧老师在《新小说革命的必要与可能》中所言，八十年代“小说革命”以及其他文学样式的革命性变化是完成了从“写什么”到“怎么写”的转换，这其中包括了“形式也是内容”、“文学不仅是人学也是语言学”等新知。而九十年代以后小说写作的历史则表明，“写什么”固然是一个问题，但“怎么写”并没有真正由形式成为内容。您如何理解“写什么”与“怎么写”的关系？

答：这个问题与上个问题对我来说，都是同一个问题。接续上个问题的思路，继续回答。其实这个问卷的一系列问题都与王尧老师的《新小说革命的必要与可能》有关。在我看来，需要承认批评家的代际差别和个体能力的差别。王尧老师参与了1980年代中期至今的文学生态建构，同时，他本人亦拥有好几套笔墨，在批评/研究文章之外，亦创作了大量的散文和小说。对于批评/研究之外的文体、文类，他有充分的实践和独到的见解。因此，他完全有能力、有资格在他自己正在实践的领域做出规划和设想。而这样的事情具体到我个人，我并不觉得自己有发言权。既然不能投身革命，那就不妨做一个革命的旁观者，通过其他方式与之发生有效的对话。

“写什么”和“怎么写”首先应该是作家们的自我发问。作为旁观者，我的基本看法是：时代的禁忌与可能是讨论“写什么”的前提，如果对这个前提缺乏基本的共情能力，那么，“写什么”将无法成为衡量包括王尧老师在内的作家们能力和野心的有效观察点。与此相关的一个悖论在于，倘若有些选择不得不用“曲笔”来掩饰，那么，它将导致“怎么写”成为一种冗余的修辞。因为它与内容并无有机的关联，是一种表面上与时代周旋实则与时代达成共谋关系的修辞，它在某种程度上是对“写什么”的减损。所以，只有把“写什么”放在一个相对从容的情境下来谈论，“怎么写”是否是充分而必要的修辞才有被讨论的空间。

至于“写什么”“怎么写”在具体层面的展开，还是交给作家吧。这个问题会让我想起晚清、五四时期的那些大家。革命也好，改良也罢，当他们发出这些倡导时，往往是亲自动手，发明新的范式。尽管有些范式今天看来显得有些粗糙、幼稚，但是这种尝试引发了追随者、旁观者的积极参与和对话，由此，新的文学生态才能发生。

问：这是一个未有之变局的时代，如何以文学创作回应这个变革时代是每一位创作者面对的难度或考验。它牵涉到小说的话语方式、文体习惯以及审美习惯的变化。甚至诸多人认为非虚构远比虚构更适合今天这个时代。在一个充满变革、危机和诸多不确定性的时代里，您会因时代变化而调整自己的写作，还是以不变应万变？

答：我认为“非虚构远比虚构更适合今天这个时代”这样的观念是种幻觉。

首先，虚构与非虚构都面临“写作”被网络时代重新定义的基本情境。媒介的类型的多样性、社交媒体充分发达，最直接的影响是写作门槛的降低和发表、传播障碍的消除。但是话语权的下沉、分化也同时意味着写作权力民主化和声音诉求的多元化。具体到非虚构，经由社交媒体，经验的呈现与反馈都以极其迅捷、直观、畅通的方式展开，同时因为这些经验大多与人伦日常相关，因此，人人皆可参与的民主幻觉便被制造出来，非虚构与社会关怀、政治正确成为同义词，“非虚构”写作的复杂性、何为优秀的“非虚构”等也就成了退而求其次的问题。相对而言，关于“虚构”的讨论则一直笼罩在经典的阴影下，即便有了社交媒体和媒介力量的加持，隐藏的门槛依然潜伏在那里。但这种微妙的差别，并不代表谁更高级。

其次，“非虚构”作者与“虚构”作者面对的是同一个世界，要克服的是同样的焦虑、障碍和禁忌，从这个层面来说，“非虚构”与“虚构”都是抵达真实的不同途径。优秀的“非虚构”和“虚构”都是复杂话语运作的结果。并没有有效的定量、定性分析来支撑所谓“非虚构远比虚构更适合今天这个时代”。一个简单的事实是，这些年，一些非虚构作品引发热切关注的同时，亦有大量的虚构作品在持续引发关注，这本是殊途同归、多元共生的局面。然而，事实对一些热衷制造思潮话题的研究者来说，并不重要。预设观点、抓住个案、裁剪资料、设置对立面，于是，“非虚构”便成了时代需要。

在这个行当中，很多时候，“伪命题”和“热门话题”其实是一回事。这一切都源自文学史教育中思潮论、现象论的流弊。学习文学史，其实是学习建构宏大叙事的能力。令人信服的宏大叙事，一定保留着对基本事实的尊重，以及对事件本身“自然”面貌和事件之间“自然”联系的发现和描述。这种“自然”是相对于那种把解构和过度阐释当成技术而非思想的叙述态度。坦率地说，利用既定框架修剪材料，用概念重新塑形事实，对于这个行当的人来说，是某种秘而不宣的谋生技能。很多时候，我们会想当然地把自己关注的具体问题描述为思潮、主流或新的趋向，仿佛不如此，便不足以体现它的重要性。或者对自身视野的狭隘不自知，把捏造、虚构、发明思潮或现象，当作创新或创见。这其实是对宏大叙事的工具化、庸俗化使用，于是，便有了大量“伪史”般的现象论和思潮论。以前，我也特别沉迷于现象的描述和观察，借助既定的意义框架和理论概念，可以大刀阔斧地把诸多文本进行分类、定性。在实际操作过程中充满指点江山的幻觉和酣畅淋漓的快感。很快，我便发现自己其实缺乏那种面对具体事物的描述能力和面对具体文本的对话能力，我在用貌似宏阔的气象来掩盖自己面对具体问题的失语。这个世界太复杂了，倘若不能对微小事物进行充分了解，任何宏观的建构都只是空中楼阁。所以，我现在更偏爱选择具体的作家作品进行讨论，成与败、优与劣都基于我个人的局限和可能。简而言之，微小的丰富和充实是一切的源头。

问：在新的媒体时代，整个文学创作可能都受到了视觉媒体的冲击，有人认为这才是小说创作的真正危机时刻，您如何理解小说革命与新媒介时代的关系？

答："新媒介时代小说的危机时刻"这样的话题，依然是文学史教育中的"文学中心论"的结果。现代中国文学的历史不过百余年，从历史进程来看，这其实是强压在文学身上的诸多功能逐渐被卸载、被其他艺术门类和人文学科分担的过程，于是文学逐渐退居于现代社会的边缘地位。同时，那些本就与媒介技术关系紧密的艺术门类，自然会在知识传播、智力训练、审美愉悦等层面与文学发生竞争。居于现代社会的边缘地位与参与思想文化的多元竞争和对话，从来不是矛盾的事情，但是当代文坛在这样的现代常识上从未释怀。从1990年代至今，文学危机论已经有过太多版本，每隔几年都会有一群人要上演一次集体哭泣和抱团哀怨，像是一种节日和仪式，只是哭泣的内容和哀怨的技术含量一点儿都没有提升。所以，所谓的危机时刻，与其说来自这个行当的内部反省，倒不如说是在嫉妒其他艺术门类在社会文化中的中心地位；将竞争性对话关系中的力不从心、心不在焉置换为社会、历史压迫，以换来心安理得的继续沉沦和不思进取的自我悲情。

很多时候，我们这个行当的人把自己看得太重，又太封闭，把自己看到的世界当成整个世界，或者把自己看到的世界当成整个世界的中心。往极端处说，如果有一天，民众不再需要文学，又有什么不对吗？不需要文学的民众就一定会堕落吗？总是把命运归咎于自身言行之外的世界，这种对晚清读书人都没有说服力的外部冲击论居然成了当代文坛的遮羞布。作为古老的技艺，文学首先是谋生的职业。人总得为自身的言行承担责任和后果。没有人是被迫从事这个行当的，得与失都是自愿选择的结果。总有人会离开，也总有人在坚持读坚持写，是他们在维持着这个行当的底线，不可预测的偶然性就在其中诞生，造就这个行当的高光时刻。坦率地说，这个行当中的大部分人都无法分享文学的历史、社会荣耀，因为我们都是庸人。庸人的努力和自我完善，在于降低平庸的程度，仅此而已。这就好比人终有一死，但没人会轻易省去活着的过程。这正如作为思想、文化话语的文学，地位再边缘，也不影响其努力发声参与竞争。简而言之，文学是特别个人化的具体劳作，无数个具体的劳作的汇聚也抵不过未知发生的那一刻。

当代文学的公共性

近些年类似于“文学与公共生活”“文学的公共性”之类的话题被屡屡提及。如同这些年，这个行当常常谈论的诸多话题一样，是“缺什么，谈什么”，或者说，我们弄丢了原本拥有的东西，现在却又寻找它。在我看来，公共性本是这个行当的天然属性，不管是创作，还是批评与研究。但是在1980年代末以来，在一系列概念、思维及其操作范式的规训下，我们逐渐把公共性剥离于自身。其中，“纯文学”“人文精神大讨论”“学院化”像是施加于当代文学的三次手术，这三种提法及其关联的一系列知识实践、意义生产已经将当代文学的公共性消解殆尽。

我清楚我们中的大多数都是在这些概念、思维的主导下完成了最初的文学史教育和学术训练，我同样了解这些提法诞生时的合理性、针对性及其涉及的原始语境。但是，在这些观念的影响下，这三十余年的创作与研究，既无视文学在整个社会文化结构中的位移状况，亦忽视居于其间的从业人员应该保持的自我反思和自我批判意识。

一个基本的事实是：从1990年代以来的历史进程来看，文学史的进程其实是强压在文学身上的诸多功能逐渐被卸载、被其他艺术门类和人文学科分担的过程，于是文学逐渐退居于现代社会的边缘地位。同时，那些本就与媒介技术关系紧密的艺术门类，自然会在知识传播、智力训练、审美愉悦等层面与文学发生竞争，并强势挤压文学的生存空间和意义辐射范围。在一个常态化的现代社会，文学居于文化结构的边缘位置是一件再正常不过的事情。如何在边缘位置参与思想文化的多元竞争和对话，参与社会、历史、政治形态的整体建构，才是思考如何重建文学公共性的起点。

然而，当文学公共性缺失的相关问题被提起时，很多时候我们总是把原因归结为外部因素的冲击和挤压。其中最常用的手法的是，无限夸大、片面强调前述这些观念中所陈述的社会、历史、政治因素，并将其归结为环绕于所谓文学本体的外部势力。简单说来，就是用“纯文学”来回避其本有的大众文化属性，“纯文学”与大众文化之间等级区分的过程，其实也是将大众文化中所包含的各种复杂政治诉求清除的过程；“人文精神的衰落”这样的说辞，包含了自我精英化与他者有罪论两层意思，通过这样的修辞实现的阶层区隔，消除了自我反思的可能；“学院化”则用来修饰意义空洞、介入乏力的工具……大多数时候，这三种修辞策略在相互配合。简而言之，尽管我们或许还记得一些概念、思维产生的原始语境和复杂、丰富的意义层次，但是在这些年的意义生产和知识实践中，我们一直走的是一条自我阉割、自我约束、自我提纯的窄化之路。于是，“纯文学”“人文精神大讨论”“学院化”这三种观念包含着自我反省意识、自我保护策略的历史判断，沦落为当代文学特别是当代文学研究和批评公共性缺失的遮羞布。

有一个意象长期困扰着我：一群人被烈日灼伤以后，把原因仅仅归结于恶劣天气或者没有足够的庇荫设施抑或是无人及时送来遮阳伞、防晒霜，这样合适吗？自己是毫无可指责之处的完美受害者？所以，我无意冒犯前辈和同行，只是觉得这个行当中文学巨婴太多了，既接受不了批评，又缺乏自我反省意识。倘若不能对那些影响深远的观念进行重新检讨，我们将永远无法重返我们曾经抵达的丰茂之地。因为，每次关于文学公共性的讨论和怀想，都像是用自我美化的修辞对自身的犬儒和匮乏进行力不从心的掩饰。

话筒关闭，一切照旧。

（原题《批评的边角料》《当代文学批评札记》，分别刊于《安徽文学》2022年第3期和第10期，收入集子时，文字有所改动。）

文
景

Horizon

社科新知　文艺新潮

时间是一切事物的后记

方　岩　著

出 品 人：姚映然
责任编辑：卢　茗
营销编辑：高晓倩
装帧设计：安克晨

出　　品：北京世纪文景文化传播有限责任公司
（北京朝阳区东土城路8号林达大厦A座4A　100013）
出版发行：上海人民出版社
印　　刷：山东临沂新华印刷物流集团有限责任公司
制　　版：南京展望文化发展有限公司

开 本：890mm × 1240mm　1/32
印 张：9.25　　字 数：132,000　插 页：2
2025年4月第1版　　2025年4月第1次印刷
定 价：71.00元
ISBN：978-7-208-19189-1 / I · 2177

图书在版编目（CIP）数据

时间是一切事物的后记 / 方岩著. -- 上海 : 上海人民出版社, 2024. -- ISBN 978-7-208-19189-1

Ⅰ. I206.7-53

中国国家版本馆CIP数据核字第2024G2448M号

本书如有印装错误，请致电本社更换　010-52187586